CUENTOS TRÁGICOS

EMILIA PARDO BAZÁN

La caravana se alejó, dejando al camellero enfermo abandonado al pie del pozo.

Allí las caravanas hacen alto siempre, por la fama del agua, de la cual se refieren mil consejas. Según unos, al gustarla se restaura la energía; según otros, hay en ella algo terrible, algo siniestro.

Los devotos de Alí, yerno y continuador de la obra religiosa y política de Mohamed, profesan respeto especial a este pozo; dicen que en él apagó su sed el generoso y desventurado príncipe, en el día de su decisiva victoria contra las huestes de su jurada enemiga Aixa o Aja, viuda del Profeta. Como no ignoran los fieles creyentes, en esta batalla cayó del camello que montaba la profetisa, y fue respetada y perdonada por Alí, que la mandó conducir a La Meca otra vez. Aseguran que de tal episodio histórico procede la discusión sobre las cualidades del agua del Pozo de la Vida. Es fama que Aixa la ilustre, una de las cuatro mujeres incomparables que han existido en el mundo, al acercar a sus labios el agua cuando la llevaban prisionera y vencida, aseguró que tenía insoportable sabor.

El camellero no pensaba entonces en el gusto del agua. Miraba desvanecerse la nube de polvo de la caravana alejándose, y se veía como náufrago en el mar de arena del desierto.

Verdad que el pozo se encontraba enclavado en lo que llaman un oasis; diez o doce palmeras, una reducida construcción de yeso y ladrillo destinada a bebedero de los camellos y albergue mezquino y transitorio para los peregrinos que se dirigían a la mezquita lejana; a esto se reducía el oasis solitario. Devorado por la calentura, que secaba la sangre en sus venas, el camellero, frugal y sobrio siempre, ahora apenas se acercaba al alimento, a las provisiones de harina y dátiles. Su sostén era el agua del pozo.

-No en balde se llama el Pozo de la Vida... Bebiendo sanaré.

Transcurrieron dos o tres días. El abandonado no cesaba de sumergir el cuenco en el odre que al partir, con piadosa previsión, habían dejado lleno sus compañeros de caravana. Y pensaba para sí: "Mi mal me trastorna los sentidos. Esta agua, al pronto tan gustosa, ahora parece ha tenido en infusión coloquíntida."

Al día tercero, algunas muchachas de la tribu de los Beni-Said, acampada a corta distancia en la vertiente de un valle árido, vinieron a cebar sus odres en el pozo. El enfermo solicitó de ellas que le renovasen la provisión, porque sus fuerzas no lo consentían. Una virgen como de quince años, de esbeltez de gacela, atirantó la cuerda con sus brazos morenos y el cangilón ascendió rebosando un líquido claro y frío como cristal. El enfermo tendió las manos ansiosas y hasta sonrió de gozo cuando la muchacha, en su cuenco de arcilla esmaltado de vivos colores, le presentó la prueba de aquella delicia. Pero, apenas humedeció la lengua, hizo un mohín de disgusto.

-¡Amarga más todavía que la del odre! -murmuró consternado.

La muchacha vertió otra vez agua en el cuenco y bebió despacio, con fruición.

-¿Qué dices de amargura? -interrogó burlándose-. Está más fresca que los copos de la nieve y más dulce que la leche de nuestras ovejas. Ha refrigerado y exaltado mi corazón. No he encontrado jamás agua tan sabrosa. Probad vosotras, a ver quién se engaña.

Y el grupo de jóvenes aguadoras, antes de cargar en las fundas de red de cuerda, al costado de sus asnillos, los colmados odres, bebió largos tragos de agua del pozo. Hiciéronlo riendo sin causa, disputándose los cuencos de donde el agua se derramaba mojando las túnicas listadas de rojo y blanco, las gargantas aceitunadas y tersas como dátiles verdes, los senos chicos y los brazos bruñidos y mórbidos. Los negros ovales ojos de las vírgenes relucían; sus dientes de granizo eran más blancos al través de los labios pálidos avivados por el agua. Cabalgaron después en los jumentos, acomodándose para caber entre los odres, y con carcajadas locas tomaron la vuelta de su aduar.

El camellero quedóse solo otra vez. Como había mirado desvanecerse la nubecilla de la caravana, vio perderse, en la ilimitada extensión, no del camino (el desierto es camino todo él), sino de la planicie, la polvareda que levantaba el trote de los asnos aguadores, azuzados por las muchachas. La fiebre le consumía. Desesperado, bebió. El agua amargaba más aún.

Los días desfilaron. El enfermo los contaba por los granos del rosario de gordas cuentas que, a fuer de devoto creyente musulmán, llevaba colgado de la cintura. Porque eran iguales todos los días. Los mismos amaneceres deslumbrantes de sol en un cielo acerado; los mismos mediodías cegadores, crudamente magníficos, con lampos de brasa y rayos de sol sin velo, refractados por la amarillenta llanura; las mismas encendidas tardes, caliginosas, espirando abrasadores soplos de terral, entrecortadas por rugidos y aullidos lejanos de fieras; las mismas noches de esplendidez implacable, en que el firmamento sombrío y puro se adornaba con sus astros y constelaciones más refulgentes, sin que ni una ráfaga de aire descendiese de la bóveda de bronce, empavonada de azul, ocelada de estrellas vivísimas, lucientes y duras como la mirada altiva del poderoso.

Y el enfermo, sin poderlo evitar, bebía, bebía... Y el agua era a cada trago más repugnante. Dijérase que las manos de los genios enemigos del hombre desleían en el pozo bolsas de hiel, puñados de sal, esencia de dolor. Llegó un momento en que las fuerzas del camellero se agotaron; en que la sola vista del agua le produjo escalofríos, y al pie del pozo se tendió en el agostado suelo resuelto a dejarse perecer, resignado y ansioso del fin.

Una voz que le llamó -una voz imperiosa y grave- le hizo abrir los ojos. Tenía ante sí a un santón, un viejo morabito de larga barba argentina, de remendado traje, apoyado en una cayada, con su zurrón de mendicante al hombro. La faz, requemada por el sol, presentaba nobles, aguileños rasgos, y los ojos fijos en el enfermo, no revelaban piedad, sino meditación serena; el estado de un alma que conoce los Libros sacros y sondea el existir. En la mano derecha, el santón sostenía el cuenco lleno de agua; tal vez se disponía a apurarlo.

-No bebas, santo varón -aconsejó el camellero-. Es amarga como absintio. Te dará horror. Yo ya no la soporto.

Sin hacerle caso, el santo bebió, y ni mostró desagrado ni complacencia.

-Este agua -murmuró después de que se hubo limpiado la boca con el revés de su mano curtida por la intemperie- no es ni amarga ni dulce; su amargor y su dulzor están en el paladar de quien la bebe. ¿No han venido aquí, desde que languideces al pie del pozo, seres jóvenes y sanos? ¿No han bebido del agua?

-Han venido -respondió el camellero- unas mozas vírgenes, muy alborotadas, a tomar aguada para su aduar. Y han alabado lo refrigerante de la bebida.

-Ya ves -dijo reposadamente el santón-. Que el ángel Azrael mire por ti y te permita encontrar tolerable al menos el agua del pozo. Yo te llevaría conmigo, sacándote de este mal paso; pero mi jumento no puede con más carga y tengo que adelantar camino para incorporarme a una caravana, porque si voy solo me devorarán las fieras.

Y el santón se alejó recitando un versículo del Corán. Al ver su silueta oscura desvanecerse en el horizonte inflamado, el camellero sintió que su última esperanza desaparecía, y en transporte delirante, acercóse al brocal del pozo, se agarró a él con ambas manos y, no sin trabajoso esfuerzo -¡hasta para darse la muerte se necesita vigor!-, se precipitó dentro, de cabeza.

Y las aguas del Pozo de la Vida, desde que se arrojó a su profundidad el camellero, siguen siendo dulces para algunos, amargas para bastantes... Sólo hay que añadir que los de paladar fino las encuentran gusto a muerto.

LA MOSCA VERDE

Tomábamos o pretendíamos tomar el fresco en la gran terraza de Alborada, una tarde de agosto abrasadora y enervante, de las poquísimas que, en aquel clima benigno, aprietan con rigor canicular. El aire estaba saturado no sólo del efluvio resinoso, ardiente, de los pinares vecinos, sino de otras emanaciones peculiares -almizcle de hormigas y escarabajos, miel y cera de panal-; y en el aire encendido revoloteaban, además de las mariposas multicolores, insectos de pedrería y esmalte, enlutadas "vacas de San Antonio", efímeras de gasa pálida, mariquitas de coral con pintas negras, mosquitos de seda color humo, mientras en la arena brincaban los saltamontes, parecidos a caballeros enlorigados y se arrastraban las chinches campesinas, limpias y de pintoresca forma, tan distintas de las urbanas.

Recostados en las mecedoras, hablábamos despacio, emperezados y esperando con ansia el primer soplo del atardecer que abanicase nuestras sienes. El tema de la conversación era que el calor disuelve las energías, y disertábamos sobre esa influencia psicológica de los climas, que ya empieza a reconocerse en la historia.

-Buena es -decía el científico- la firmeza de carácter; excelente su cultivo intensivo, y acertaría el que afirmó que del propio destino es autor cada hombre; pero a mí, esta naturaleza que nos rodea y nos agobia, me produce una impresión de fatalidad tan profunda, que casi no me atrevería a pensar en contrarrestarla. ¿Qué somos ante las fuerzas naturales?

-Lo somos todo -exclamó el pensador-. Esas fuerzas naturales, las hemos puesto a nuestros pies, a nuestro servicio. Cada día más saldremos vencedores en nuestra lucha con ellas.

-Crea usted que se toman el desquite; al final no vencemos nosotros... -respondió el Doctor, pensativo-. Y como el sol descendiese, esplendoroso hacia el castañar, y una ráfaga suave, cargada de partículas de humedad, viniese de la represa del molino, reanimándonos, se decidió el Doctor a contar un episodio de su vida médica...

-Era hijo de viuda aquel muchacho tan simpático, a quien yo conocí en el balneario de Caldasrojas, y que todas las tardes paseaba un rato conmigo por los caminos solitarios y las sendas aldeanas, confiándome sus esperanzas, sus aspiraciones y su tenacísima labor. La decorosa estrechez en que quedaron el chico y su madre a la muerte del padre, los esfuerzos de la pobre mujer para salir a flote y dar carrera a su hijo, habían influido en el carácter de Torcuato, haciéndole hombre consciente desde la niñez, y desarrollando en él, con extraño vigor, las facultades de la voluntad perseverante, sin un desmayo ni una vacilación, y con esa especie de iluminación genial, que lo mismo puede demostrarse en la creación artística que en la conducta. A los once años, Torcuato llevaba los libros de una tienda de la antigua ciudad universitaria, donde vivía; a los trece, prestaba el mismo servicio en varios establecimientos, ganando lo suficiente para sostenerse él y su madre, y a la vez estudiaba, robando horas al sueño, tan imperioso en el período crítico de la pubertad. Mejor dicho: la pubertad fue vencida, en sus inquietudes y en sus torturadoras distracciones, por la constancia de Torcuato. Ni curiosidades ni devaneos le desviaron de su marcha hacia un objeto y un fin. Su vida estaba regulada cronométricamente; ni migaja de tiempo perdía. Se había fijado, al minuto, el que debía invertir en lavarse, cepillarse, comer, dormir; y el programa se cumplía exactamente. ¡Digo mal! A veces, Torcuato se sustraía tiempo a sí mismo, y realizaba trabajos extraordinarios que pagasen las matrículas y algún gasto inevitable, extraordinario también. No rehusaba por soberbia tarea ninguna; capaz sería de limpiar zapatos si creyese que le compensaba la remuneración. Escribía discursos para los graduandos, sermones para los canónigos, prospectos, para los industriales, memorias, para los secretarios de asociaciones... todo lo que le valiese un duro y un amigo y protector.

Así, al terminar brillantemente la carrera, obtuvo en la Universidad un empleo con mediano sueldo: lo necesario, lo estricto, el modo de esperar y resistir hasta conseguir algo de lo infinito soñado.

Al preguntarle yo a Torcuato si no había estado enfermo nunca (una enfermedad arruina al que lleva exactamente empalmados gastos con ingresos), me respondió:

-¡Enfermo! No tuve tiempo de enfermar... ¡Lo único que se me resintió algo fue el estómago, y por eso me ve usted aquí, en Caldasrojas, en el camino, y ocioso, y sin mi madre, por primera vez de mi vida! ¡Estoy embriagado de sensaciones; loco perdido de aire libre y de olor de flores y árboles! Pero ¡no crea usted que aun así me aparto de mi camino! Por más que mi juventud se me suba a la cabeza -¡y hay horas en que se me sube, y al corazón también, y espumante y furiosa!-, la voluntad está sobre todo. Mando en mí, y no habrá fuerza que me impida llevar a término mis planes de asegurar el porvenir, la vejez tranquila y dichosa de mi madre, y mi propia suerte. Tengo algún entendimiento, alguna disposición: otro malgastaría este capital; yo lo beneficiaré con réditos crecidos. El que quiere, puede. ¡Es el Evangelio!

Me hablaba así Torcuato a la vuelta de un paseo por la carretera que conduce al Borde, en la cual ritma la conversación el chirrido quejumbroso del eje de los carros cargados, que pasan lentos, sin alzar polvo, en la melancolía de la puesta de sol. No se borrará de mi memoria: dos de estos carros cruzaban en sentido contrario al nuestro, y su carga era de pieles de buey a medio curtir, mercancía que se exporta en la costa para Inglaterra. El sol, moribundo, se reflejaba en los pelajes cobrizos manchados de blanco amarillento. Torcuato accionaba con la diestra y de pronto vi que en ella refulgía una chispa verde, metálica, y que él sacudía la mano, como el que espanta un bichejo incómodo.

-¡Maldita! Me ha picado...

Sentí un escalofrío, que no era razonado, sino involuntario, y cogí la mano de Torcuato vivamente. No se notaba señal de la picadura. Seguimos andando, pero yo no había perdido las ganas de charlar, y miraba de reojo a mi joven amigo. A poco noté que maquinalmente rascaba el sitio de la picadura, y vi deshacerse la vesícula recién formada y sustituirla una depresión negruzca. Me "sentí" palidecer. Distábamos más de una legua del pueblecillo.

-Aprisa, andemos... No vale nada la picada esa, pero querría quemársela a usted con un cáustico.

-¡Se me está hinchando la mano! -murmuró Torcuato con más sorpresa que alarma.

Comprendí que ignoraba el mal horrible que pueden transmitir esas mosquitas preciosas, de esmeralda, que se han posado en despojos de animales carbunclosos... ¡El carbunclo! -repetía dentro de mí, temblando de horror y de lástima...- ¡El carbunclo! ¡La pústula maligna!

Abreviaré el relato de aquella tragedia... Cuando desnudamos en la rebotica a Torcuato, para operar, ya no era la mano, era el brazo lo que se inflaba rápidamente. No cabía duda, el brazo debía cortarse. Única esperanza. Pero ¿cómo? ¿Sin cloroformo, casi sin instrumentos? Mientras venían de mi casa los chismes, sudando frío y con una angustia compasiva que me partía el alma, me fue preciso notificarle al enfermo la verdad. ¡Qué ojos me echó! ¡Qué mundo de horror, de protesta y de dolor en aquellos ojos!

-¡El brazo derecho! ¿Y mi madre? ¿Y cuando lo sepa? -balbuceó, lívido.

-Aquí de la voluntad... -pronuncié, creo que más horrorizado que la víctima-. ¡Es necesario! No hay remedio.

¡Cuántas veces me he arrepentido del martirio que le di! Fuese por la tardanza e indecisión irremediable de los primeros momentos, fuese porque la infección venía de mano armada, la operación no logró salvar al desventurado. Prefiero no detallar su fin, los síntomas espantosos, el tétano como desenlace... Si los médicos puntualizásemos ciertos casos, la humanidad se aborrecería a sí propia, como dijo Salomón, por haber nacido... He sacado a cuento este caso cruel para que se vea lo que puede una mosquita verde, muy linda por cierto, y lo que vale contra la mosquita una voluntad humana, firme, decidida, templada en la desgracia y el trabajo. ¡No somos nada!...

La noche caía. Las luciérnagas empezaban a encender sus linternas misteriosas.

Los devotos de la Virgen de la Mimbralera, en Villafán, no olvidarán nunca el día señalado en que la vieron por última vez adornada con sus joyas y su mejor manto y vestido, y con la hermosa cabeza sobre los hombros, ni la furia que les acometió, al enterarse del sacrílego robo y la profanación horrible de la degolladura.

Todos los años, el 22 de agosto, celébrase en la iglesia de la Mimbralera, que el vulgo conoce por "la Mimbre de los frailes", solemne función de desagravios.

La Mimbralera había sido convento de dominicos, construido, con espaciosa iglesia, bajo la advocación de Nuestra Señora del Triunfo, por los reyes de Aragón y Castilla, en conmemoración de señalada victoria. La imagen, desenterrada por un pastor al pie de una encina, no lejos del campo de batalla, y ofrecida al monarca aragonés la víspera del combate, fue colocada en el camarín, que la regia gratitud enriqueció con dones magníficos.

Aunque relegada al pie de la sierra, en paraje bravío y montuoso, próxima solamente a un pueblecillo de escaso vecindario, la iglesia del Triunfo gozó de universal nombradía, y la fama de la milagrosa Virgen, extendiéndose fuera de la región, cundió por España entera. Más de un rey, de la trágica dinastía de Trastámara o de la melancólica dinastía de Austria, vino a la Mimbralera en cumplimiento de voto, en acción de gracias por algún favor obtenido del cielo mediante la intercesión de la Virgen del Triunfo, dejando, al marcharse, acrecentado el tesoro con rica presea. Las reinas, no pudiendo ir en persona, enviaban de su guardajoyas arracadas, ajorcas, piochas, templeques y collares; y doña Mariana, madre de Carlos II, queriendo sobrepujarlas a todas, regaló el incomparable manto, de brocado de oro con recamo de esmeraldas y gruesas perlas, amén de infinitos hilos de aljófar; una red de hilos, que recordaba el rocío de la mañana sobre los prados, y que al salir la imagen en procesión, se soltaban y eran recogidos piadosamente por los devotos en un cuenco, ya destinado de tiempo inmemorial a este uso.

El amor del pueblo de Villafán había salvado del saqueo este manto célebre y el resto del tesoro de la Virgen, en la época de la exclaustración; y el día 21 de agosto, fiesta de la Mimbralera, la imagen, luciendo completas sus alhajas, bajaba del convento al pueblo, seguida de inmenso gentío venido de toda la sierra. Descansaba en la plaza Mayor y se recogía a su camarín antes de ponerse el sol, permaneciendo en él, engalanada y ataviada, hasta el amanecer del siguiente día, hora en que la camarera, ayudada por dos mozas de lo mejor del lugar, iba a desnudar a la Reina del cielo, recoger sus preseas y vestimenta y sustituirla por la ropa de diario.

El año del robo, memorable en los humildes anales de Villafán, al entrar la camarera -esposa del juez municipal, señora de mucho visto- en el trasaltar, y subir las escaleras que conducen a la plataforma donde se apoya la peana de la imagen, por poco se cae muerta.

La efigie estaba despojada, sin manto ni joyas, sólo con la túnica interior de tisú. Y, detalle espantoso: estaba decapitada. La cabeza, serrada a raíz de los hombros, más abajo del sitio donde se atornillaba la gargantilla de piedras preciosas, había desaparecido.

Media hora después, el pueblo entero, frenético, delirante de indignación, invadía la iglesia, y los comentarios y las hipótesis principiaban a hervir en el aire. Alcalde, secretario, médico, juez, párroco, sargento de la Guardia Civil, cuanto allí representaba la autoridad y la ley se reunía para deliberar. Era preciso descubrir a los malhechores, sin pérdida de tiempo, porque de otro modo el vecindario de Villafán haría una que fuese sonada. Ya, sobre el desesperado llanto del mujerío, se destacaban las voces amenazadoras de los hombres, los tacos, las interjecciones y las blasfemias, y las manos, vigorosas, se crispaban alrededor del garrote, o requerían, en las vueltas de la faja, la navaja de muelles.

Dos cosas interesaban mucho: prender a los culpables, y luego, impedir que los hiciesen trizas. Si no se lograba lo primero, lo que importaba de veras, la multitud haría lo segundo con el cura, con el sacristán, con todos los que debían velar, y no habían velado, por la adorada patrona del pueblo, cuya mutilación acababan de comprobar, entre rugidos de ira. Prender a los culpables. Sí; pero... ¿dónde estaban?

Ese ruido sordo y profundo como la subida de la marea; ese eco de un acento repetido por centenares de voces, que se llama el rumor público, acusaba ya, designaba ya a los reos. No eran, ni podían ser, sino los acróbatas que la víspera, en la plaza, habían ejecutado sus habilidades y recogido buena cosecha de cuartos. ¡Aquellos pillastres vagabundos, aquellos titiriteros, se llevaban el tesoro de la Virgen! Al anochecer, desbaratado el tabladillo, recogidos y cargados en carros y jaulas los chirimbolos y los dos o tres monos y perros sabios, se les había visto alejarse en dirección a la Mimbralera, diciendo que se proponían trabajar al día siguiente en Guijadilla. Para bergantes así, avezados a toda truhanería, no era difícil acampar en el robledal y, sigilosamente, entre las sombras, asaltar la iglesia, a tales horas solitaria. El sacristán, contrito y trémulo, confesaba que en vez de vigilar había dormido a pierna suelta en su domicilio, una de las mejores celdas del

antiguo convento; el cura de la Mimbralera no negaba haber pernoctado en el pueblo, en casa del alcalde, después de una cena copiosa. ¿Quién pensaba en la posibilidad del atroz sacrilegio? Los ladrones, teniendo por delante la noche entera, pudieron despacharse a su gusto. Patentes se veían las señales: la puertecilla lateral de la iglesia se encontraba forzada, abierta de par en par; tres hierros de la verja del camarín, limados y arrancados, dejando boquete para cabida de un cuerpo; y en el propio camarín, sobre el piso de mármoles, huellas de pasos, fragmentos de madera, un serrucho olvidado al borde de la peana, revelaban la forma en que el atentado debió de cometerse. Como decía muy bien Ricardo el Estudiante el hijo de la difunta tía Blasa, que era el que más enardecía a la amotinada muchedumbre, los infames ni aun se cuidaban de esconder los instrumentos del delito. ¡Ellos, ellos eran! ¡No cabía dudarlo!

Púsose en movimiento la Guardia Civil, y a pesar de oponerse formalmente el sargento, la precedieron bastantes mozos, de los más resueltos y fornidos, que así andan diez leguas a pie como trincan a un criminal, aunque tenga las fuerzas del hércules de la compañía, el titiritero que levantaba en vilo, jugando, una pesa de hierro mayor que el bolo en que remata el campanario de la Mimbralera. "¡A descubrir a los ladrones, contra!"

Sin embargo, el veterano sargento de la guardia, mordiéndose de soslayo el mostacho rudo, parecía rumiar no sé qué recelos, no sé qué sospechas misteriosas. Su mirada astuta, penetrante como un punzón, escrutaba el grupo que marchaba a vanguardia, capitaneado por Ricardo, el Estudiante, que blandía una vara recia, profiriendo imprecaciones contra los sacrílegos.

Los guardias son muy mal pensados. Ni pizca le gustaba Ricardo al buen sargento. Conocíale de sobra: un jugador eterno y sempiterno, tan poseído del vicio, que no pudiendo satisfacerlo en Villafán, pues sólo los días de feria hay quien tire de la oreja a Jorge, se iba por los pueblos, y hasta por Madrid y Barcelona, apareciendo siempre donde se hojease el libro de las cuarenta hojas, el libro de perdición. Por insisto y costumbre, el sargento recelaba de los jugadores. Sabía que son simiente de criminales, como lo es todo apasionado que va al objeto de su pasión sin reparar en medios. No podría fundar el escozor que allá dentro notaba; pero mientras seguían el camino de

Guijadilla, polvoriento y devorado de sol, guarnecido de carrascales y olivos blancuzcos, involuntariamente, en las paradas, miraba a Ricardo, estudiaba su cabeza greñuda, su fisonomía hosca, colérica y por momentos sellada con una expresión de cansancio indefinible, una especie de fatiga inmensa, cual la sombra de unas alas negras que la velasen. Y pensaba el sargento: "Si tú has pasado esta noche en tu cama..., quiero yo que mal tabardillo me mate."

Perfilábase ya en el horizonte la torre de la iglesia de Guijadilla; era la hora meridiana, cuando la turba, excitada por el calor y la molestia de la caminata hasta entonces inútil, divisó, en un campo donde verdeaban espadañas frescas, señal evidente de existir allí un arroyo, a la sombra de un grupo de alisos, a los titiriteros acampados. Indudablemente esperaban ocasión propicia de entrar en el pueblo anunciando con tambor y trompeta sus ejercicios. Tendidos en el suelo, echados panza arriba, recostados sobre los instrumentos, los saltimbanquis dormían la siesta, descansando de su jornada y del trabajo de la víspera.

Allí estaba completo el cuadro de la pobre y asendereada compañía: el payaso y director, embadurnado de harina y colorete, mostrando la boca abierta y oscura en la enyesada faz; el hércules, jayán sudoroso, de rizada testa, ancho tórax y bíceps acentuados bajo la malla rosa vivo; la funámbula, más fea que un susto, larga y esqueletada como estampa de la muerte; la saltarina de aros, regordeta, morena, graciosa, hecha un mamarracho con su faldellín de gasa amarilla y su corpiño de lentejuela azul, y, por último, los dos niños gimnastas, hijos del hércules; la chiquilla de doce años, rubia, pálida, de dulces facciones; y el chiquillo, de seis, gordinflón, derramados los rizos de oro en alborotada madeja alrededor de la sofocada carita. Los niños reposaban abrazado, recostado el pequeñín en el pecho de la hermana: ambos vestían la malla color de carne, sobre la cual llevaban túnicas de seda celeste prendidas con rosas de papel; y un aro plateado, ciñendo sus frentes, les daba aspecto de ángeles de gótico retablo.

La turba, detenida un instante, vociferó, aulló, precipitándose al campillo, y entre exclamaciones de sorpresa, voces que pronunciaban injurias y rugidos de alegría bárbara, en un santiamén, los saltimbanquis, mal despiertos, aturdidos aún, incapaces de defenderse, se vieron cogidos, asaltados, rodeados cada cual de una docena de paletos, que blandían estacas, esgrimían cuchillos, sacudían y zarandeaban y hartaban de mojicones a los supuestos reos del robo de la Virgen del Triunfo.

A su vez, corrieron los guardias, comprendiendo que allí podía ocurrir algo terrible. Mientras los niños lloraban y chillaban las mujeres, el hércules, sin más arma que sus cerrados puños, juntándolos contra el pecho y despidiendo los brazos como movidos por acerado resorte, se defendía. Dos paletos mordían ya la tierra, el uno con las costillas hundidas, el otro con la nariz rota, soltando un río de sangre. Eran, sin embargo, muchos contra uno; Ricardo, el Estudiante, lívido y feroz, azuzaba contra el saltimbanqui a los lugareños; llovían garrotazos. Uno, bien asestado, le cruzó la nuca, haciéndole tambalearse como acogotado buey; otro le alcanzó en la muñeca, partiéndosela casi. A manera de jauría que acosa al jabalí y se le cuelga de las orejas -sin que los guardias, dedicados a proteger al resto de la compañía, a los niños y a las mujeres, pudiesen impedirlo- los paletos se estrecharon contra el hércules, que desapareció entre el grupo.

Se oyó el fragor de la lucha, el ronco resuello de la víctima; los guardias, echándose el fusil a la cara, se prepararon a hacer fuego a los verdugos; apartáronse éstos, saciada la ira, y se vio en el suelo una masa informe, sangrienta, algo que no tenía de humano sino el sufrimiento que aún revelaban las palpitaciones del pecho y la convulsión de las extremidades.

Los niños, sollozando, se arrojaron sobre el padre moribundo, cubriéndole de besos; y, en aquel mismo punto, el sargento veterano, asiendo del brazo a Ricardo el Estudiante, clamó en formidable voz:

-¡Date preso! Tú, y nadie más que tú, es quien ha robado las alhajas de la Virgen.

Y como el Estudiante protestase y los mozos acudiesen a su defensa, el guardia, extendiendo un dedo acusador, señaló a las greñas de Ricardo, a la inculta y revuelta melena que siempre gastaba. Todas las miradas se fijaron en el sitio indicado por el guardia, y una convicción y un estupor cayeron de plano, súbitamente, sobre todos los espíritus. Entre la cabellera de Ricardo se veían, enredados aún, dos o tres hilos de aljófar, de los que, como telarañas irisadas de rocío matinal, bordaban el manto de Nuestra Señora de la Mimbralera.

El Estudiante confesó y fue a presidio. Las joyas, entregadas a un tahúr, un cómplice encubridor venido de Madrid y apostado en las cercanías del Triunfo para recoger la presa, nunca se recobraron, ni tampoco la divina cabeza, de dulce sonrisa estática, la amada cabeza de la Virgen.

Y de aquellos dos niños hijos del hércules, ya huérfanos y solos, ¿quién sabe lo que habrá sido? Continuarán rodando por el mundo, adoptando posturas plásticas en algún circo, y poco a poco se irá borrando de su memoria la imagen del campo verde, festoneado de alisos y espadañas, donde vieron asesinar a su padre...

Mi tía Elodia me había escrito cariñosamente: "Vente a pasar la Navidad conmigo. Te daré golosinas de las que te gustan". Y obteniendo de mi padre el permiso, y algo más importante aún, el dinero para el corto viaje, me trasladé a Estela, por la diligencia, y, a boca de noche, me apeaba en la plazoleta rodeada de vetustos edificios, donde abre su irregular puerta cochera el parador.

Al pronto, pensé en dirigirme a la morada de mi tía, en demanda de hospedaje; después, por uno de esos impulsos que nadie se toma el trabajo de razonar -tan insignificante creemos su causa-, decidí no aparecer hasta el día siguiente. A tales horas, la casa de mi tía se me representaba a modo de coracha oscura y aburrida. De antemano veía yo la escena. Saldría a abrir la única criada, chancleteando y amparando con la mano la luz de una candileja. Se pondría muy apurada, en vista de tener que aumentar a la cena un plato de carne: mi tía Elodia suponía que los muchachos solteros son animales carnívoros. Y me interpelaría: ¿por qué no he avisado, vamos a ver? Rechinarían y tintinearían las llaves: había que sacar sábanas para mí... Y, sobre todo, ¡era una noche libre! A un muchacho, por formal que sea, que viene del campo, de un pazo solariego, donde se ha pasado el otoño solo con sus papás, la libertad le atrae.

Dejé en el parador la maletilla, y envuelto en mi capa, porque apretaba el frío, me di a vagar por las calles, encontrando en ello especial placer. Bajo los primeros antiguos soportales, tropecé con un compañero de aula, uno de esos a quienes llamamos amigos porque anduvimos con ellos en jaranas y bromas, aunque se diferencien de nosotros en carácter y educación. La misma razón que me hacía encontrar divertido un paseo por calles heladas y solitarias, la larga temporada de vida rústica me movió acoger a Laureano Cabrera con expansión realmente amistosa. Le referí el objeto de mi viaje, y le invité a cenar. Hecho ya el convenio, reparé, a la luz de un farol, en el mal aspecto y derrotadas trazas de mi amigo. El vicio había degradado su cuerpo, y la miseria se revelaba en su ropa desechable. Parecía un mendigo. Al moverse, exhalaba un olor pronunciado a tabaco frío, sudor y urea. Confirmando mi observación, me rogó en frases angustiosas que le prestase cierta suma. La necesitaba, urgentemente, aquella misma noche. Si no la tenía, era capaz de pegarse un tiro en los sesos.

-No puedo servirte -respondí-. Mi padre me ha dado tan poco...

-¿Por que no vas a pedírselo a doña Elodia? -sugirió repentinamente-. Esa tiene gato.

Recuerdo que contesté tan sólo:

-Me causaría vergüenza...

Cruzábamos en aquel instante por la zona de claridad de otro farol, y cual si brotase de las tinieblas, vivamente alumbrada, surgió la cara de Laureano. Gastada y envilecida por los excesos, conservaba, no obstante, sello de inteligencia, porque todos conveníamos, antaño, en que Laureano "valía". En el rápido momento en que pude verle bien noté un cambio que me sorprendió: el paso de un estado que debía de ser en él habitual -el cinismo pedigüeño, la comedia del sable-, a una repentina, íntima resolución, que endureció siniestramente sus facciones. Dijérase que acababa de ocurrírsele algo extraño.

"Éste me atraca", pensé; y, en alto, le propuse que cenásemos, no en el tugurio equívoco, semiburdel que él indicaba, sino en el parador. Un recelo, viscoso y repulsivo, como un reptil, trepaba por mi espíritu conturbándolo. No quería estar solo con tal sujeto, aunque me pareciese feo desconvidarle.

-Allí te espero -añadí- a las nueve...

Y me separé bruscamente, dándole esquinazo. La vaga aprensión que se había apoderado de mí se disipó luego. A fin de evitar encuentros análogos, subí el embozo de la capa, calé el sombrero y, desviándome de las calles céntricas, me dirigí a casa de una mujer que había sido mi excelente amiga cuando yo estudiaba en Estela Derecho. No podré jurar que hubiese pensado en ella tres veces desde que no la veía; pero los lugares conocidos refrescan la memoria y reavivan la sensación, y aquel recoveco del callejón sombrío, aquel balcón herrumbroso, con tiestos de geranios "sardineros" me retrotraían a la época en que la piadosa Leocadia, con sigilo, me abría la puerta, descorriendo un cerrojo perfectamente aceitado. Porque Leocadia, a quien conocí en una novena, era en todo cauta y felina, y sus frecuentes devociones y su continente modesto la habían hecho estimable en su estrecho círculo. Contadas personas sospecharían algo de nuestra historia, desenlazada sencillamente por mi ausencia. Tenía Leocadia marido auténtico, allá en Filipinas, un mal hombre, un perdis, que no siempre enviaba los veinticinco duros mensuales con que se remediaba su mujer. Y ella me repetía incesantemente:

-No seas loco. Hay que tener prudencia... La gente es mala... Si le escriben de aquí cualquier chisme...

Reminiscencias de este estribillo me hicieron adoptar mil precauciones y procurar no ser visto cuando subí la escalera, angosta y temblante. Llamé al estilo convenido, antiguo, y la misma Leocadia me abrió. Por poco deja caer la bujía. La arrastré adentro y me informé. Nadie allí; la criada era asistenta y dormía en su casa. Pero más cuidado que nunca, porque "aquel" había vuelto, suspenso de empleo y sueldo a causa de unos líos con la Administración, y gracias a que hoy se encontraba en Marineda, gestionando arreglar su asunto... De todos modos, lo más temprano posible que me retirase y con el mayor sigilo, valdría más. ¡Nuestra Señora de la Soledad, si llegase a oídos de él la cosa más pequeña!...

Fiel a la consigna, a las nueve menos cuarto, recatadamente, me deslicé y enhebré por las callejas románticas, en dirección al parador. Al pasar ante la catedral, el reloj dio la hora, con pausa y solemnidad fatídicas. Tal vez a la humedad, tal vez al estado de mis nervios se debiese el violento escalofrío que me sobrecogió. La perspectiva de la sopa de fideos, espesa y caliente, y el vino recio del parador, me hizo apretar el paso. Llevaba bastantes horas sin comer.

Contra lo que suponía, pues Laureano no solía ser exacto, me esperaba ya y había pedido su cubierto y encargado la cena. Me acogió con chanzas.

-¿Por dónde andarías? Buen punto eres tú... Sabe Dios...

A la luz amarillenta, pero fuerte, de las lámparas de petróleo colgadas del techo, me horripiló más, si cabe, la catadura de mi amigo. En medio de la alegría que afectaba, y de adelantarse a confesar que lo del tiro en los sesos era broma, que no estaba tan apurado, yo encontraba en su mirar tétrico y en su boca crispada algo infernal. No sabiendo cómo explicarme su gesto, supuse que, en efecto, le rondaba la impulsión suicida. No obstante, reparé que se había atusado y arreglado un poco. Traía las manos relativamente limpias, hecho el lazo de la corbata, alisadas las greñas. Frente a nosotros, un comisionista catalán, buen mozo, barbudo, despachado ya su café, libaba perezosamente copitas de Martel leyendo un diario. Como Laureano alzase la voz, el viajante acabó por fijarse, y hasta por sonreírnos picarescamente, asociándose a la insistente broma.

-Pero ¿en qué agujero te colarías? ¡Qué ficha! Tres horas no te las has pasado tú azotando calles... A otro con esas... ¿Te crees que somos bobos? Como si uno se fiase de estos que vuelven del campo...

Las súplicas de la precavida Leocadia me zumbaban aún en los oídos, y me creí en el deber de afirmar que sí, que callejeando y vagando había entretenido el tiempo.

-¿Y tú? -redargüí-. Rezando el Rosario, ¿eh?

-¡Yo, en mi domicilio!

-¿Domicilio y todo?

-Sí, hijo; no un palacio... Pero, en fin, allí se cobija uno... La fonda de la Braulia, ¿no sabes?

Sabía perfectamente. Muy cerca de la casa de mi tía Elodia: una infecta posaducha, de última fila. Y en el mismo segundo en que recordaba esta circunstancia, mis ojos distinguieron, colgando de un botón del derrotado chaqué de Laureano, un hilo que resplandecía. Era una larga cana brillante.

Me creerán o no. Mi impresión fue violenta, honda; difícilmente sabría definirla, porque creo que hay sobradas cosas fuera de todo análisis racional. Fascinado por el fulgor del hilo argentado sobre el paño sucio y viejo, no hice un movimiento, no solté palabra: callé. A veces pienso qué hubiese sucedido si me ocurre bromear sobre el tema de la cana. Ello es que no dije esta boca es mía. Era como si me hubiesen embrujado. No podía apartar la mirada del blanco cabello.

Al final de la cena, el buen humor de Laureano se abatió, y a la hora del café estaba tétrico, agitado; se volvía frecuentemente hacia la puerta, y sus manos temblaban tanto, que rompió una copa de licor. Ya hacía rato que el viajante nos había dejado solos en el comedor lúgubre, frente a los palilleros de loza que figuraban un tomate, y a los floreros azules con flores artificiales, polvorientas. El mozo, en busca de la propia cena, andaría por la cocina. Cabrera, más sombrío a cada paso, sobresaltado, oreja en acecho, apuraba copa tras copa de coñac, hablando aprisa cosas insignificantes o cayendo en acceso de mutismo. Hubo un momento en que debió de pensar: "Estoy cerca de la total borrachera", y se levantó, ya un poco titubeante de piernas y habla.

-Conque no vienes "allá", ¿eh?

Sabía yo de sobra lo que era "allá", y sólo de imaginarlo, con semejante compañía y con la lluvia que había empezado a caer a torrentes... ¡No! Mi camita, dormir tranquilo hasta el día siguiente y no volver a ver a Laureano. Le eché por los hombros su capa, le di su grasiento sombrero y le despedí.

-¡Buenas noches... No hay de qué... Que te diviertas, chico!

Dormí sueño pesado que turbaron pesadillas informes, de esas que no se recuerdan al abrir los ojos. Y me despertó un estrépito en la puerta: el dueño del parador en persona, despavorido, seguido de un inspector y dos agentes.

-¡Eh! ¡Caballero! ¡Que vienen por usted!... ¡Que se vista!

No comprendí al pronto. Las frases broncas, deliberadamente ambiguas, del inspector me guiaron para arrancar parte de la verdad. Más tarde, horas después, ante el juez, supe cuanto había que saber. Mi tía Elodia había sido estrangulada y robada la noche anterior. Se me acusaba del crimen...

Y véase lo más singular... ¡El caso terrible no me sorprendía! Dijérase que lo esperaba. Algo así tenía que suceder. Me lo había avisado indirectamente "alguien", quién sabe si el mismo espíritu de la muerta... Sólo que ahora era cuando lo entendía, cuando descifraba el presentimiento negro.

El juez, ceñudo y preocupado, me acogió con una mezcla de severidad y cortesía. Yo era una persona "tan decente", que no iban a tratarme como a un asesino vulgar. Se me explicaba lo que parecía acusarme, y se esperaban mis descargos antes de elevar la detención a prisión. Que me disculpase, porque si no, con la Prensa y la batahola que se había armado en el pueblo, por muy buena voluntad que... Vamos a ver: los hechos por delante, sin aparato de interrogatorio, en plática confidencial... Yo debía venir a pasar la noche en casa de mi tía. Mi cama estaba preparada allí. ¿Por qué dormí en el parador?

-De esas cosas así... Por no molestar a mi tía a deshora...

¿No molestar? Cuidado: que me fijase bien. He aquí, según el juez, los hechos. Yo había ido a casa de doña Elodia a eso de las siete. La criada, sorda como una tapia, no quería abrir. Yo grité desde la mirilla: "Que soy su sobrino", y entonces la señora se asomó a la antesala y mandó que me dejasen pasar. Entré en la sala y la criada se fue a preparar la cena, pues tenía órdenes anteriores, por si yo llegase. Hasta las nueve o más no se sabe lo que pasó. Pronta ya la cena, la fámula entró a avisar, y vio que en la salita no había nadie: todo en tinieblas. Llamó varias veces y nadie respondió. Asustada, encendió luz. La alcoba de la señora estaba cerrada con llave. Entonces, temblando, sólo acertó a encerrarse en su cuarto también. Al amanecer bajó a la calle, consultó a las vecinas; subieron dos o tres a acompañarla, volvió a llamar a gritos... La autoridad, por último, forzó la cerradura. En el suelo yacía la víctima bajo un colchón. Por una esquina asomaba un pie rígido.

El armario, forzado y revuelto, mostraba sus entrañas. Dos sillas se habían caído...

-Estoy tranquilo -exclamé-. La criada habrá visto la cara de ese hombre.

-Dice que no... Iba embozado, con el sombrero muy calado. No le vio. ¡Y es tan torpe, tan necia, tan apocada! Medio lela está.

-Entonces soy perdido -declaré.

-Calma... ¡Cierto que son muchas coincidencias! Ayer llegó usted a las seis. A las seis y cuarto habló con un amigo en la calle de los Bebederos. Luego, hasta las nueve, no se sabe de usted más. A las nueve cena usted en el parador con el mismo amigo, y un viajante que estaba allí declara que le molestaba a usted la pregunta de ¿dónde había pasado esas horas?, y que afirmaba usted haberlas pasado en la calle, lo cual no es verosímil. Llovió a cántaros de ocho a ocho y media, y usted no llevaba paraguas... También decía que estaba usted así..., como preocupado... a veces, y el mozo añade que rompió usted una copa. ¡Es una fatalidad...!

-¿Ha declarado el que cenó conmigo?

-Si por cierto... Declaró la calamidad de Cabrera... Nada, eso; que le vio a usted un rato antes; que, convidado, cenó con usted, y que se retiró a cosa de las once.

-¡Él es quien ha asesinado a mi tía! -lancé firmemente-. Él, y nadie más.

-Pero ¡si no es posible! ¡Si me ha explicado todo lo que hizo! ¡Si a esas horas estuvo en su posada!

-No, señor. Entraría, se haría ver y volvería a salir. En esa clase de bujíos no se cierra la puerta. No hay quien se ocupe de salir a abrirla. Él sabía que me esperaba la tía Elodia. Es listo. Lo arregló con arte. Está en la última miseria. Cuando me encontró, en los Bebedores, me pidió dinero, amenazándome con volarse los sesos si no se lo daba. Ahora todo es claro: lo veo como si estuviese sucediendo delante de mí.

-Ello merece pensarse... Sin embargo, no le oculto a usted que su situación es comprometida. Mientras no pueda explicar el empleo de ese tiempo, de seis a nueve...

Las sienes se me helaron. Debía de estar blanco, con orejas moradas. Me tropezaba con un juez de los de coartada y tente tieso... ¿Coartada? Sería una acción sucia, vil, nombrar a Leocadia -toda mujer tiene su honor correspondiente-, y además, inútil, porque la conozco. No es heroína de drama ni de novela y me desmentiría por toda mi boca... Y yo lo merecía. Yo no era asesino, ni ladrón, pero...

La contrición me apretó el corazón, estrujándolo con su mano de acero. Creía sentir que mi sangre rezumaba... Era una gota salada en los lagrimales. Y en el mismo punto, ¡un chispazo!, me acordé del hilo brillante, enredado en el botón del raído chaqué.

-Señor juez...

Todavía estaba allí la cana cuando hicieron comparecer al criminal... El "gato" de la tía Elodia se halló oculto entre su jergón, con la llave de la alcoba... Sin embargo, no falta, aun hoy, quien diga que el asunto fue turbio, que yo entregué tal vez a mi cómplice... Honra, no me queda. Hay una sombra indisipable en mi vida. Me he encerrado en la aldea, y al acercarse la Navidad, en semanas enteras, no me levanto de la cama, por no ver gente.

Alberto Miravalle, excelente muchacho, no tenía más que un defecto: creía que todas las mujeres se morían por él.

De tal convencimiento, nacido de varias conquistas del género fácil, resultaba para Alberto una sensación constante, deliciosa, de felicidad pueril. Como tenía la ingenuidad de dejar traslucir su engreimiento de hombre irresistible, la leyenda se formaba, y un ambiente de suave ridiculez le envolvía. Él no notaba ni las solapadas burlas de sus amigos en el círculo y en el café, ni las flechas zumbonas que le disparaban algunas muchachas, y otras que ya habían dejado de serlo.

Dada su olímpica presunción, Alberto no extrañó recibir por el correo interior una carta sin notables faltas de ortografía, en papel pulcro y oloroso, donde entre frases apasionadas se le rendía una mujer. La dama desconocida se quejaba de que Alberto no se había fijado en ella, y también daba a entender que, una vez puestas en contacto las dos almas, iban a ser lo que se dice una sola. Encargaba el mayor sigilo, y añadía que la señal de admitir el amor que le brindaba sería que Alberto devolviese aquella misma carta a la lista de Correos, a unas iniciales convenidas.

Al pronto, lo repito, Alberto encontró lo más natural... Después -por entera que fuese su infatuación-, sintió atisbos de recelo. ¿No sería una encerrona para robarle? Un segundo examen le restituyó al habitual optimismo. Si le citaban para una calle sospechosa, con no ir... La precaución de la devolución del autógrafo indicaba ser realmente una señora la que escribía, pues trataba de no dejar pruebas en manos del afortunado mortal.

Alberto cumplió la consigna.

Otra segunda epístola fijaba ya el día y la hora, y daba señas de calle y número. Era preciso devolverla como la primera. Se encargaba una puntualidad estricta, y se advertía que, llegando exactamente a la hora señalada, encontraría abiertos portón y puerta del piso. Se rogaba que se cerrase al entrar, y acompañaban a las instrucciones protestas y finezas de lo más derretido.

Nada tan fácil como enterarse de quién era la bella citadora, conociendo ya su dirección. Y, en efecto, Alberto, después de restituir puntualmente la epístola, dio en rondar la casa, en preguntar con maña en algunas tiendas. Y supo que en el piso entresuelo habitaba una viuda, joven aún, de trapío, aficionada a lucir trajes y joyas, pero no tachada en su reputación. Eran excelentes las noticias, y Alberto empezó a fantasear felicidades.

Cuando llegó el día señalado, radiante de vanidad, aliñado como una pera en dulce, se dirigió a la casa, tomando mil precauciones, despidiendo el coche de punto en una calleja algo distante, recatándose la cara con el cuello del abrigo de esclavina, y buscando la sombra de los árboles para ocultarse mejor. Porque conviene decir, en honra de Alberto, que todo lo que tenía de presumido lo tenía de caballero también, y si se preciaba de irresistible, era un muerto en la reserva, y no pregonaba jamás, ni aun en la mayor confianza, escritos ni nombres. No faltaba quien creyese que era cálculo hábil para aumentar con el misterio el realce de sus conquistas.

No sin emoción llegó Alberto a la puerta de la casa... Parecía cerrada; pero un leve empujón demostró lo contrario. El sereno, que rondaba por allí, miró con curiosidad recelosa a aquel señorito que no reclamaba sus servicios. Alberto se deslizó en el portal, y, de paso, cerró. Subió la escalera del entresuelo: la puerta del piso estaba arrimada igualmente. En la antesala, alfombrada, oscuridad profunda. Encendió un fósforo y buscó la llave de la luz eléctrica. La vivienda parecía encantada:

no se oía ni el más leve ruido. Al dar luz Alberto pudo notar que los muebles eran ricos y flamantes. Adelantó hasta una sala, amueblada de damasco amarillo, llena de bibelots y de jarrones con plantas. En un ángulo revestía el piano un paño antiguo, bordado de oro. Tan extraño silencio, y el no ver persona humana, fueron motivos para oprimir vagamente el corazón de nuestro Don Juan. Un momento se detuvo, dudando si volver atrás y no proseguir la aventura.

Al fin, dio más luces y avanzó hacia el gabinete, todo sedas, almohadones y butaquitas; pero igualmente desierto. Y después de vacilar otro poco, se decidió y alzó con cuidado el cortinaje de la alcoba de columnas... Se quedó paralizado. Un temblor de espanto le sobrecogió. En el suelo yacía una mujer muerta, caída al pie de la cama. Sobre su rostro amoratado, el pelo, suelto, tendía un velo espeso de sombra. Los muebles habían sido violentados: estaban abiertos y esparcidos los cajones.

Alberto no podía gritar, ni moverse siquiera. La habitación le daba vueltas, los oídos le zumbaban, las piernas eran de algodón, sudaba frío. Al fin echó a correr; salió, bajó las escaleras; llegó al portal... Pero ¿quién le abría? No tenía llave... Esperó tembloroso, suponiendo que alguien entraría o saldría. Transcurrieron minutos. Cuando el sereno dio entrada a un inquilino, un señor muy enfundado en pieles, la luz de la linterna dio de lleno a Alberto en la cara, y tal estaba de demudado, que el vigilante le clavó el mirar, con mayor desconfianza que antes. Pero Alberto no pensaba sino en huir del sitio maldito, y su precipitación en escapar, empujando al sereno que no se apartaba, fue nuevo y ya grave motivo de sospecha.

A la tarde siguiente, después de horas de esas que hacen encanecer el pelo, Alberto fue detenido en su domicilio... Todo le acusaba: sus paseos alrededor de la casa de la víctima, el haber dejado tan lejos el "simón", su fuga, su alteración, su voz temblona, sus ojos de loco... Mil protestas de inocencia no impidieron que la detención se elevase a prisión, sin que se le admitiese la fianza para quedar en libertad provisional. La opinión, extraviada por algunos periódicos que vieron en el asunto un drama pasional, estaba contra el señorito galanteador y vicioso.

-¿Cómo se explica usted esta desventura mía? -preguntó Alberto a su abogado, en una conversación confidencial.

-Yo tengo mi explicación -respondió él-; falta que el Tribunal la admita. Vea lo que yo supongo, es sencillo: para mí, y perdóneme su memoria, la infeliz señora recibía a alguien..., a alguien que debe ser mozo de cuenta, profesional del delito y del crimen. El día de autos, desde el anochecer, la víctima envió fuera a su doncella, dándole permiso para comer con unos parientes y asistir a un baile de organillo. El asesino entró al oscurecer. Él era quien escribía a usted, quien le fijó la hora y quien, precavido, exigió la devolución de las cartas, para que usted no poseyese ningún testimonio favorable. Cuando usted entró, el asesino se ocultó o en el descanso de la escalera, o en habitaciones interiores de la casa. A la mañana siguiente, al abrirse la puerta de la calle, salió sin que nadie pudiese verle. Se llevaba su botín: joyas y dinero. ¿Qué más? Es un supercriminal que ha sabido encontrar un sustituto ante la Justicia.

-Pero ¡es horrible! -exclamó Alberto-. ¿Me absolverán?

-¡Ojalá!... -pronunció tristemente el defensor.

-Si me absuelven -exclamó Alberto- me iré a la Trapa, donde ni la cara de una mujer se vea nunca.

-Jamás lo hemos averiguado -declaró el registrador, dejando su escopeta arrimada al árbol y disponiéndose a sentarse en las raíces salientes, a fin de despachar cómodamente los fiambres contenidos en su zurrón de caza-. Hay en la vida cosas así, que nadie logra nunca poner en claro, aunque las vea muy de cerca y tenga, al parecer, a su disposición los medios para enterarse.

Salieron de las alforjas molletes de pan, dos pollos asados, una ristra de chorizos rojos, y la bota nos presentó su grata redondez pletórica, ahíta de sangre sabrosa y alegre. Nos disputamos el gusto de besarla y dejarla chupada y floja, bajo nuestras afanosas caricias de galanes sedientos. Los perros, con la lengua fuera y la mirada ansiosa, sentados en rueda, esperaban el momento de los huesos y mendrugos.

Cuando todos estuvieron saciados, amos y canes, y encendidos los cigarros para fumar deleitosamente a la sombra, insistí:

-Pero ¿ni aun conjeturas?

-¡Conjeturas! Claro es que nunca faltan. Cuando se notó que el pobre muchacho estaba muerto y no dormido; cuando, al descubrirle el cuerpo, se vio que tenía una herida triangular, como de estilete, en la región del corazón -la autopsia comprobó después que esa herida causó la muerte-, figúrese usted si los compañeros de hospedaje nos echamos a discurrir. Entre otras cosas, porque, al fin y al cabo, podíamos vernos envueltos en una cuestión muy seria. Como que, al pronto, se trató de prendernos. Por fortuna, la tan conocida como vulgar coartada era de esas que no admiten discusión. En la casa de huéspedes estábamos cinco, incluyendo a Clemente Morales, el asesinado. Los cuatro restantes pasamos la noche de autos en una tertulia cursi, donde bailamos, comimos pasteles y nos reímos con las muchachas hasta cerca del amanecer. Todo el mundo pudo vernos allí, sin que ninguno saliese ni un momento. Cien testigos afirmaban nuestra inculpabilidad y, así y todo, nos quedó de aquel

lance yo no sé qué: una sombra moral en el espíritu, que ha pesado, creo yo, sobre nuestra vida...

-Ello fue que ustedes, al regresar a casa...

-¡Ah!, una impresión atroz. Era ya de día, y la patrona nos abrió la puerta en un estado de alteración que daba lástima. Nos rogó que entrásemos en la habitación de nuestro amigo, porque al ir a despertarle, por orden suya, a las seis de la mañana, vio que no respondía, y estaba pálido, pálido, y no se le oía respirar... ¡O desmayado, o...! Fue entonces cuando, alzando la sábana, observamos la herida.

-¿Qué explicación dio la patrona?

-Ninguna. ¡Cuando le digo a usted que ni la patrona, ni la Justicia, ni nadie ha encontrado jamás el hilo para desenredar la maraña de ese asunto! La patrona, eso sí, fue presa, incomunicada, procesada, acusada...; pero ni la menor prueba se encontró de su culpabilidad. ¡Qué digo prueba! Ni indicio. La patrona era una buena mujer, viuda, fea, de irreprochables antecedentes, incapaz de matar una mosca. La noche fatal se acostó a las diez y nada oyó. La sirvienta dormía en la buhardilla: se retiró desde la misma hora, y a las ocho de la mañana siguiente roncaba como un piporro. El sereno a nadie había visto entrar. ¡El misterio más denso, más impenetrable!

-¿Se encontró el arma?

-Tampoco.

-¿Tenía dinero en su habitación la víctima?

-Que supiésemos, ni un céntimo; es decir, unos duros..., que es igual a no tener nada, para el caso... Y esos allí estaban, en el cajón de la cómoda, por señas, abierto.

-¿Se le conocían amores?

-Vamos, rehacemos el interrogatorio... No tenía lo que se dice relaciones seguidas, ni querida, ni novia; no sería un santo, pero casi lo parecía; por celos o por venganza de amor, no se explica tan trágico suceso.

-Pero ¿cuáles eran sus costumbres? -insistí, con afán de polizonte psicólogo, a quien irrita y engolosina el misterio, y que sabe que no hay efecto sin causa-. Ese muchacho -¿no era un hombre joven?- tendría sus hábitos, sus caprichos, sus peculiares aficiones...

-Era -contestó el registrador, en el tono del que reflexiona en algo que hasta entonces no se había presentado a su pensamiento- el chico más formal, más exento de vicios, más libre de malas compañías que he conocido nunca. Retraído hasta lo sumo, muy estudioso; nosotros, por efecto de esta misma condición suya, le tuvimos en concepto de un poco chiflado. Ya ve usted: todos fuimos aquella noche a divertirnos y a correrla, menos él, y si hubiese ido, no le matan... Para dar a usted idea de lo que era el pobre, se acostaba muy temprano, y encargaba que le despertasen así que amanecía, sólo por el prurito de estudiar.

-¿Recuerda usted dónde estudiaba?

-¡Ah! Eso, en todas partes. A veces se traía a casa libros; otras se pasaba el día en bibliotecas o sabe Dios en qué rincones.

-Amigo registrador -interrumpí-, que me maten si no empiezo a rastrear algo de luz en el sombrío enigma.

-¡Permítame que lo dude!... ¡Tanto como se indagó entonces!... ¡Tantos pasos como dieron la justicia y la policía, y hasta nosotros mismos, sin que se haya llegado a saber nada!

Callé unos instantes. El celaje de la tarde se encendía con sangrientas franjas de fuego, incesantemente contraídas, dilatadas, inflamadas o extinguidas, sin que ni un momento permaneciese fija su terrible forma. Pensé en que la sospecha, la verdad, la culpa, el destino se disuelven e integran, como las nubes, en la cambiante fantasía y en la versátil conciencia. Pensé que si nada es inverosímil en la forma de las nubes, nada tampoco debe parecérnoslo en lo humano. Lo único increíble sería que un hombre fuese asesinado en su lecho y el crimen no tuviese ni autor ni móvil.

-Registrador -dije al cabo-, todos mueren de lo que han vivido. El muchacho estudiaba sin cesar: en sus estudios está la razón de su muerte violenta. No diga usted que no sabe por qué le mataron: lo sabe usted, pero no se ha dado cuenta de lo que sabe.

-Mucho decir es... -murmuró-. Sin embargo...

-Lo sabe usted. En cuanto me conteste a otras pocas preguntas se convencerá de que lo sabía perfectamente: lo sabía la parte mejor de su ser de usted: su instinto.

-¡Qué raro será eso! Pero, en fin... pregunte, pregunte lo que quiera.

-¿A qué clase de estudios se dedicaba Clemente?

-A ver, Donato, haz memoria -murmuró el registrador, rascándose la sien-. Ello era cosa de muchas matemáticas y mucha física... ¡Ya, ya recuerdo! ¡Pues si el muchacho aseguraba que, cuando consiguiese lo que buscaba, sería riquísimo, y su nombre, glorioso en toda Europa! Creo que se trataba de algo relacionado con la navegación aérea. Advierto a usted que murió como vivía, porque fue el hombre más reconcentrado y enemigo de enterar a nadie de sus proyectos.

-¿Tendría muchos papeles, cuadernos, notas de su trabajo?

-¡Ya lo creo! A montones.

-¿Dónde los guardaba?

-¡En la cómoda! Y su ropa andaba tirada por las sillas y revuelta.

-¿Aparecieron esos papeles después del crimen?

-Se me figura que sí. Pero confirmaron lo que creíamos: que el pobre no estaba en sus cabales. Eran apuntes sin ilación, y algunos, borradores que nadie entendía.

-¿Tenía algún amigo Clemente, enterado de sus esperanzas? ¿Alguien que conociese su secreto?

La cara del registrador sufrió un cambio análogo al de las nubes. Primero se enrojeció; palideció después; los ojos se abrieron, atónitos; la boca también adquirió la forma de un cero.

-¡Rediós! -gritó al cabo-. ¡Y tenía usted razón! Y yo sabía, es decir, yo tenía que saber... ¡Tonto de mí! ¿Cómo pude ofuscarme?... ¡Qué cosas! Había, había un amigo, un ingeniero belga, que le daba dinero para experiencias... ¡Un barbirrojo, más antipático que los judíos de la Pasión! ¡Y hasta judío creo que era! ¡Seré yo estúpido! ¡No haber comprendido! ¡No haber sospechado! ¡El bandido del extranjero fue, y para robarle el fruto de sus vigilias! ¡Dejó los papeles inútiles y cargó con los que valían, y sabe Dios, a estas horas, quién se está dando por ahí tono y ganando millones con el descubrimiento del infeliz! ¡Y a mí la cosa me pasó por las mientes; pero... no me detuve ni a meditarla, porque... no se veía por dónde hubiese podido entrar el asesino!

-¡Bah! Esa es la infancia del arte -contesté-. Entró con una llave falsa, que había preparado, o con el propio llavín de su víctima; estuvo en el cuarto de ésta hasta tarde, hizo su asunto, se escondió y de madrugada se marchó.

-¡Así tuvo que ser! ¡Bárbaros, que no lo comprendimos! ¡Requetebárbaros!

-No se apure usted... Quizá estamos soñando una novela.

-No, no; si ahora lo veo más claro que el sol... Soy capaz de perseguir al asesino...

-¿Cuántos años hace de eso?

-Trece lo menos...

-Déjelo usted por cosa perdida... Aun en fresco no se averigua nada... Conténtese con el goce del filósofo: saber... y callar.

Algunas o, por mejor decir, bastantes personas lo habían observado. Ni una noche faltaba de su silla del circo la admiradora del domador.

¿Admiradora? ¿Hasta qué punto llega la admiración y dónde se detiene, en un alma femenil, sin osar traspasar la valla de otro sentimiento? Que no se lo dijesen al vizconde de Tresmes, tan perito en materias sentimentales: toda admiración apasionada de mujer a hombre o de hombre a mujer para en amor, si es que no empieza siéndolo.

La admiradora era una señorita que no figuraba en lo que suele llamarse buena sociedad de Madrid. De los concurrentes al palco de las Sociedades, sólo la conocía Perico Gonzalvo, el menos distanciado de la clase media y el más amigo de coleccionar relaciones. Y, según noticias de Gonzalvo, la señorita se llamaba Rosa Corvera, era huérfana y vivía con la hermana de su padre, viuda de un hombre muy rico, que le había legado su fortuna. Considerando a Rosa, más que como a sobrina, como a hija; resuelta a dejarla por heredera, le consentía, además, libertad suma; y no pudiendo la tía salir de casa -clavada en un sillón por el reúma- la muchacha iba a todas partes bajo la cómoda égida de una de esas que se conocen por carabinas, aunque oficialmente se las nombra damas de compañía, institutrices y misses. Rosa era una independiente; pero no podía Perico Gonzalvo (que no adolecía de bien pensado) añadir otra cosa. La independencia no llegaba a licencia.

Quizá la admiración vehemente mostrada al domador -que en los carteles adoptaba el título de vizconde de Praga, enteramente fantástico, imposible de descubrir en cancillería alguna- fuese la primera inconveniencia cometida por Rosa. Sin duda, el hecho constituía una exhibición de mal gusto en una joven soltera, y más en España, donde es sospechosa para el honor cualquier excentricidad de la mujer. Lo cierto es que Rosa llamaba la atención, y su actitud empezaba a darle notoriedad. Se discutía su figura, su modo de vestir; se convenía en que, sin ser una belleza, no carecía de encanto. Rubia, alta, bien formada (extremo que la moda ceñida hace muy fácilmente demostrable), la hermoseaba, sobre todo, la expresión como de embriaguez divina que adquiría su semblante al salir el vizconde de Praga a desempeñar su número: el encierro en una jaula con un sólo león, pero terrible: Drago, que, indómito, vigoroso, valía por seis de los criados en cautiverio.

-Las bacantes, en los misterios órficos, tendrían ese gesto -decía Tresmes, que había leído todo lo concerniente a anomalías amorosas y perversiones antiguas y modernas.

Pero Tresmes, en este punto, confundía. El gesto de Rosa, lejos de expresar nada impuro, sólo dejaba trasmanar el entusiasmo heroico. Eran nobles, hasta la sublimidad, los sentimientos que asomaban a aquel rostro de mujer, y si el amor entraba a la parte, sería con el carácter más espiritual, como transporte ante la nobleza del valor viril. Por otra parte, Rosa no practicaba el menor disimulo.

Abonada a diario a dos sillas, las más próximas al sitio en que se colocaba la jaula de Drago, entraba poco antes que comenzase el trabajo del domador, y, concluido éste, se levantaba con desdeñosa indiferencia, envolviéndose en un abrigo de última moda y pasando por entre los espectadores sin mirarlos. Su lindo landaulet eléctrico esperaba siempre a la puerta. Y, sin cuidarse del run-run curioso que alzaba a su paso, retirábase, pálida aún de la emoción.

El domador había notado lo que todos notaban. Era un hombre joven, aunque no tanto como parecía, por la robusta esbeltez de su cuerpo y la finura acentuada de sus facciones, debida a la sangre georgiana. Nada más airoso que su torso, nada mejor delineado que sus pies y manos, a no ser su bigote o los rizos naturales de sus cabellos negrísimos. No era el tipo del dandy, del elegante que se ha formado su distinción a fuerza de alta vida y de hábitos de lujo; era un ejemplar de las razas humanas aristocráticas de abolengo, perfectamente arianas.

Consciente del efecto que producía en Rosa, el domador adoptaba posturas románticas, quebraba la cintura como un torero, avanzaba la pierna, nerviosa y de perfecta forma, cautiva en el calzón de punto gris perla, y sacudía con gentileza los bucles de su frente, húmeda de sudor, enviando a la señorita una sonrisa y un ligero signo de inteligencia. Por señas, que en el palco de los elegantes, este signo fue considerado indicio de algo serio, y sólo cambiaron de opinión al exclamar Tresmes:

-¡Qué tontería! Si se entendiesen, ella no vendría ya a exhibirse aquí. Os digo que, a pesar de las apariencias, ese hombre y esa mujer no han cruzado palabra. Pongo la mano derecha a que no.

Y razón tenía el calvatrueno, sagacísimo conocedor del alma de la mujer. El domador no había dado un paso por ponerse en contacto con su apasionada, por una razón prosaica y sencilla, era casado. Vivían su esposa y sus dos hijos en una casita, al borde del lago de Como, y la fortuna de la señorita española -fortuna de la cual, por otra parte, ella no podía aún disponer- no le resolvía problema alguno. Halagábale, ciertamente, aquella devoción, aquel homenaje; aunque otra cosa diga la leyenda, no es tan frecuente que las espectadoras se enamoren de tenores, domadores y cómicos. Semejante fascinación, no oculta, acababa por envanecer al supuesto vizconde, llamado realmente Marco Diáspoli. Pero una aventura, de pasada, no se podía intentar. La contrata iba a terminar, y el domador era esperado en Viena. Y como, fuera de la aventura no existía finalidad, el domador se limitaba a dejarse acariciar por los magnéticos ojos fijos en él.

-¿En él? He aquí una pregunta que su vanidad de histrión heroico no le permitió formular, pero que el ducho Tresmes lanzó, con gran extrañeza del auditorio.

-¿Estáis seguros de que a esa muchacha quien la entusiasma es el domador? Porque yo, que la estudio mucho, he llegado a dudar ¡si no será más bien el león!

Se rieron. Sin embargo, Drago reunía todas las condiciones para producir eso que en Italia se nombra il fascino. Si hay un género de belleza sublime que se funda en la energía, nada más bello que Drago.

No era la fiera rendida, cansada, pelada, de los demás domadores, y en eso consistía la originalidad del trabajo temerario. Drago, con su bravura y fuerza, por su talla no común, lo enorme de su cabezota, lo rutilante y abundoso de su melenaza, imponía una especie de respeto, al cual se unía atracción misteriosa. Sus actitudes conservaban la gracia terrible y natural de la fiera que está en su propio ambiente, en el cálido desierto, y detrás de la majestuosa masa de su cuerpo se hubiese deseado ver extenderse el rojo rubí del celaje líbico. Su rugido infundía pavor, y sus ojos de venturina derretida, en que el sol de África parecía haberse quedado cautivo, tenían un encanto peculiar, amenazador y feroz. Drago había sido cogido no hacía seis meses en el Atlas. La única defensa del domador con aquel felino era la temeridad, la sorpresa. En realidad, ni estaba habituado a la sugestión y al olor del hombre ni a la obediencia de la varita. Acordábase de sus soledades, de que bajo

sus dientes habían crujido costillas de caballos, ¡quién sabe si de jinetes moros!... El interés de la labor de Praga estaba en eso: en que cada noche sostenía un duelo a muerte.

Y así se podía explicar la palidez constante de Rosa, sus ojos dilatados de susto, su mano con tanta frecuencia llevada al corazón, como si no pudiese contener su latido, y hasta aquella especie de éxtasis con que seguía los incidentes de la lucha. Marco entraba en la jaula de pronto, y a los rugidos del rey de los animales contestaba con gritos estridentes de mando, de reto, de furor. El león le miraba y él arrostraba su mirada aterradora. Íbase acercando, ganando terreno, sin más armas que un latiguillo de puño de pedrería. Los rugidos se hacían menos roncos. El león bajaba la cabeza, como si no pudiese afrontar los ojos del hombre. Por último se tendía, siempre rugiendo sordamente, y Praga, un momento, alargando la bella pierna y el pie, calzado con reluciente bota de borlita, lo apoyaba en los lomos del vencido, y en rápida vuelta, antes que su enemigo se rehiciese, salía de la jaula, sonriendo, alzando el látigo, enviando besos a la multitud que aplaudía...

Dos noches antes de la última, pudieron notar algunos espectadores que Drago estaba de muy mal talante. Revolvíase inquieto en la estrecha prisión, y sus rugidos estremecían por lo hondos y roncos. Cuando el domador franqueó la puerta de la reja, la fiera, sin darle tiempo a nada, se lanzó contra él de un brinco feroz. Otras veces lo había hecho; pero al punto retrocedía, dominado, como a pesar suyo.

Algo distinto debía suceder aquella noche, porque Praga vaciló y se puso blanco. No tenía, sin embargo, más defensa que la valentía absoluta, y, vibrando el latiguillo, avanzó resuelto. Pero la fiera se había dado cuenta de aquel desfallecimiento momentáneo...

Un rugido tremebundo envió al rostro del domador el hálito bravío del felino. Sin intimidarse, Praga descargó el látigo, silbante, en las orejas del animal. Más que el imperceptible dolor, el ultraje enardeció a la fiera. Como una masa cayó sobre su enemigo; sus garras hicieron presa en un hombro, y sus dientes en el costado. En el circo se alzó un grito de horror, formado de mil clamores. No había modo de intervenir. Drago, que había probado la sangre, la bebía con áspera lengua en el mismo cuello de su víctima...

Y Rosa, la admiradora, de pie, transportada, electrizada, ya fuera de sí, sin atender a ningún respeto, aplaudía al vencedor.

-¡Bravo, Drago! ¡Bravo! ¡Drago, Drago, así!...

Por eso suele decir Tresmes:

-Yo bien lo sabía. No era el domador, era el león el que a la muchacha le parecía hermoso... Y acertaba; opino lo mismo que ella. Pero, ¡caramba con las mujeres! ¡Ponerse a aplaudir, a vitorear! Bueno fue que, como todo el mundo chillaba, sólo nosotros oímos la atrocidad... Si no, la linchan.

El joven príncipe indiano Yudistira, famoso ya por alentado y justo, alegría de sus súbditos y terror de los enemigos de Pandjala, tenía momentos de tristeza honda, por recelar que su fin estaba próximo y que moriría de muerte violenta. Un genio, en un sueño, se lo había pronosticado, y Yudistira, en medio de su existencia de semidiós -siempre victorioso y siempre adorado de las mujeres y del pueblo, que veía en él a una encarnación de Brahma-, ocultaba en el pecho la roezón de la inquietud, y cada día, al despertar, se preguntaba si aquél sería el postrero.

La mayor amargura era no saber por dónde vendría el peligro. Cuando se ignora lo que se teme, el temor se exalta. No por esto vaya a creerse que Yudistira fuese un cobarde miserable. Al contrario, hemos dicho que Yudistira era un héroe. De él se referían cien rasgos de temeridad en batallas y cacerías; especialmente en la del tigre -en los selvosos montes de Bengala- había realizado prodigios de temeridad y recibido heridas, de que guardaba señales en su cuerpo.

Pero así es el hombre: cuando se arroja al peligro, le sostiene la esperanza de desafiarlo victoriosamente; y, en cambio, un agüero fatídico le rinde. No le importa exponerse a morir, ni aun morir, si le acompaña la ilusión de la vida.

En sus horas de meditación, el propio Yudistira reconocía esta verdad, y se increpaba, y resolvía lanzarse como antes a continuas y aventuradas empresas. ¿Qué conseguía con retirarse, con vegetar encerrado en su palacio? El destino, cuando nos busca, sabe encontrarnos dondequiera que nos ocultemos. No obstante, el príncipe continuaba bajo la protección de su guardia, al amparo de su alcázar inexpugnable, donde sólo penetraban personas de cuya adhesión estaba seguro.

Abrumado, no obstante, por fatídico presentimiento, resolvió llamar a un penitente que tenía fama de leer en el porvenir como en abierto libro. El asceta contestó que, si el príncipe deseaba consultarle, tendría que venir a su retiro, del cual había hecho voto de no salir nunca. Aunque quisiese, no podría moverse de aquel sagrado lugar, pues para librarse de tentaciones, para no seguir a las apsaras, ninfas bellísimas que venían a hacerle momos, se había amarrado con cadenas al suelo, y ya las cadenas, cubiertas por una costra petrificada, no podían ser rotas.

Decidióse entonces Yudistira a emprender la fatigosa jornada hasta la montaña, en cuya cima se alza un templo consagrado a la misteriosa Trimurti. Llevó fuerte escolta, adoptando cuantas precauciones se le ocurrieron para ir resguardado y seguro.

Al llegar a la soledad, donde el asceta le aguardaba, Yudistira alejó su séquito, postrándose ante el hombre santo. Éste se hallaba sentado al pie de una roca, de la cual manaba un hilo de agua, formando remanso, donde los grandes lotos blancos y azules bañaban sus hojas gruesas, alentejadas, de un verde limpio y terso, como jade bruñido. En medio de una vegetación tan lozana, el penitente parecía hecho de raigambre tortuosa y desecada por el sol. Yudistira, previas las fórmulas de veneración y respeto, expresó el objeto de su venida.

Con hueca voz, que parecía salir de un tubo de barro, respondió el asceta:

-Lo primero que debo decirte, ¡oh príncipe!, es que has hecho mal en venir a verme. En general, es dañosa la acción, y el hombre sólo acierta cuando se está quieto y espera sin interés el fin de su existencia, la cual no es sino apariencia, sombra vana. Pero todavía debe el hombre precaverse doblemente contra la acción, si pesa sobre él un augurio, una amenaza del destino. Entonces no debe ni respirar, pues cuanto haga servirá únicamente para apresurar lo que esté decretado.

Yudistira bajó la cabeza. Un escalofrío corrió por el árbol de su vida, por la médula de sus huesos.

-Quisiera, al menos -murmuró débilmente-, que tu ciencia rasgase el velo del peligro que me amarga. Se me figura que, conociéndolo, sin temor alguno lo arrostraré. Lo que hace sufrir es lo ignorado. Dame luz, y acepto cuanto venga.

El asceta calló un momento. Sus ojos, de una fijeza extática, buscaron a lo lejos la revelación. Una chispa brilló en ellos, como estrella que cayese en un pozo.

-Príncipe -dijo al fin-, el peligro que te amenaza consiste en que una hembra se acuerda sin cesar de ti; no te olvida un minuto. ¡Ay del hombre cuando la hembra lo recuerda, sea con amor o con aborrecimiento, que viene a ser lo mismo!

-¿Una hembra? -preguntó, sorprendido, Yudistira-. A ninguna he amado profundamente, y, por lo mismo, no creo haber hecho daño a ninguna.

-Haz memoria -advirtió el penitente- de que una te clavó en el brazo su zarpa y sus dientes en el hombro, mientras su ruda lengua bebía tu sangre con delicia...

-¡Ah! -respondió el príncipe-. ¿Hablabas de la tigresa que me hirió en una cacería, dos años hace? Mis gentes la mataron.

-No; no la mataron, príncipe. La dejaron medio muerta: no atendieron más que a curarte a ti. Tú no ignoras que cuando el tigre llega a probar la carne del hombre, desdeña ya y mira con repugnancia cualquier otro alimento; pero -todos nuestros montañeses lo dicen- cuando es una tigresa la que gusta el manjar, no sólo lo prefiere a todo, sino que años enteros va tras el rastro de la misma persona a quien hincó el diente, apasionada, con terrible violencia de su sangre. El olfato sutil de la fiera no se engaña. Ya has oído, Yudistira, por dónde viene el hado para ti...

El príncipe dejó caer entre las manos la cabeza, y doliente suspiro salió de su pecho. Gemía por su juventud, sentenciada inexorablemente.

-¿No habrá ningún medio de evitarlo? -preguntó afanoso.

-Hay uno. Deja tu reino, deja tu gloria, quédate aquí conmigo, haciendo la misma penitencia. Sólo así consentiré en desquiciar el cielo, que fuerzo con mi voluntad y mi virtud, para salvarte. Si lo hiciese para dejarte donde estuviste hasta ahora en tu palacio, en tu orgullo, en tu poder, te esperaría algo peor de lo que te espera. Acabarías por ser esclavo de otras hembras, de otras tigresas más feroces -de tus pasiones-, que están próximas a desencadenarse. Hasta hoy te han llamado el Justo. Se acerca la hora en que te llamarían el Tirano. Tú no comprendes que esto pueda suceder; yo sé de cierto que sucedería, porque te mordería la fiera de la soberbia y llegarías a no tener de hombre más que la forma. Yudistira, agradece a la diosa Kali que te transporte a diferente existencia. Levanta el corazón, siéntate al borde de esta fuente y no te muevas hasta que los pájaros hagan nido en tu cabellera perfumada.

El príncipe iba a seguir el consejo del asceta, iba a convertirse en penitente humilde; pero vio que una mosca repugnante se le metía en los ojos al solitario, y que éste, superior a las apariencias y a las formas, no la espantaba... No tuvo valor de adoptar semejante género de vida: sin abluciones, sin túnicas blancas que remudar, sin bebidas frescas para las horas en que el sol asciende... Levantóse, llamó a su gente, y a fin de que no les sorprendiese la noche, emprendieron el viaje de regreso.

Al pasar por un bosque muy enmarañado, un momento se dispersó la escolta. El príncipe, aterrado, gritó para reunirla, ordenando que no cesasen de cubrir su cuerpo... Era tarde. De un seto intrincadísimo acababa de saltar una tigresa vigorosa, con brinco elástico y firme, y Yudistira sentía y reconocía los dientes blancos y agudos, que esta vez no habían hecho presa en el hombro, sino en el cuello, en cuyas venas la lengua ardiente absorbía la sangre cálida y roja.

El silencio de la alcoba -silencio casi religioso- se rompió con el sonar leve de unos pasos tácitos y recatados, que amortiguaban la alfombra espesa. El bulto de un hombre se interpuso ante la luz de la lamparilla, encerrada en globo de bohemio cristal. La mujer que velaba el sueño del niño, dormidito entre los encajes de su cuna, se irguió y, anhelante de ansiedad, miró fijamente al que entraba así, con precauciones de malhechor.

-¿Traes eso?

-¡Chis! Aquí viene.

-¿Se han fijado?

-Nadie. El portero, medio dormido estaba. El criado abrió sin mirar. Le dije que venía a ver a la parienta...

-Como de costumbre. ¡Digo yo que no habrán extrañao...!

-Que no, mujer. Ni ¿cómo iban ellos a pensarse...?

-No se les ocurrirá, me parece...

-¡Ea! ¡No moler! ¿Qué se les va a ocurrir, imbécila? Ni ¿quién lo averigua luego? De un tiempo son y en la cara se asemejan: ¡casualidás!

El hombre se desembozó. La mujer, envalentonada, hizo girar la llave de la luz eléctrica, y la lámpara, astro redondo formado por sartitas de facetado vidrio, alumbró la suntuosa estancia. Forradas de seda verde pálido las paredes; de laca blanca, con guirnaldas finas de oro, el lecho matrimonial; de marfil antiguo el Cristo que santificaba aquel nido de amor, y en cuna también laqueada, con pabellón de batista y Valenciennes, la criaturita fruto de una unión venturosa... Los ojos del hombre registraron con mirada zaina, artera, el encantador refugio, y se posaron en el chiquitín, que ni respiraba.

-Desnúdale ya -ordenó imperiosamente a la mujer.

Ella, al pronto, no obedeció. Temblaba un poco y sentía que se le enfriaban las manos, a pesar de la suave temperatura de la habitación.

-Miguel -articuló por fin-, miá lo que haces antes que no haiga remedio... Miá que esto es mu gordo, Miguel.

El hombre había depositado sobre la meridiana de brocado rameado, igual al que vestía la pared, un bulto informe. Era algo envuelto en raído y pingajoso mantón.

-¿Ahora me sales con esas? -articuló, mascando un terno-. ¿No vale lo tratado? Entonces se hará otra cosa mejor, que nos aprovechará a nosotros, aunque no le sirva de ná a nuestro nene... La ocasión es que ni encargá. Solos estamos y ahí guardan los amos sus alhajas y de fijo que monises... ¡Caya! ¡La órdiga! ¡Abierto se lo han dejao y colgás las yaves!

Un movimiento de feroz codicia impulsaba ya a Miguel hacia el mueblecito de boule moderno, incrustado y recargado de bronces de artística cinceladura; ya hacía descender la tapa, descubriendo el interior, lleno de cajoncitos, cuando la mujer le paró la acción.

-¡Eso no!... ¡Maldita sea! Si tal barbaridá cometes, ¡como soy Ginesa, que grito y llamo y nos perdemos pa toa la vía!... Malo será lo otro, pero es en bien de nuestro nenito... Esto sería robar, y yo no nací pa ladrona, ¿te enteras? Aunque estuviesen ay los tesoros de San Creso, seguros estaban por mí, ¿lo oyes?

Miguel había retrocedido, lívido.

-¡Caya, loca, no escandalices, que va a venir gente!... Y despacha, ¿entiendes?, y avívate, que son las once, y si a tus amos les da la manía de volver trempano... ¡Me caso en...! ¡Si se recuerdan que han dejao puestas las yaves!... ¡Me...!

-¡Quiera Dios y la Virgen la Paloma no sea hoy cuando nos hundamos, Miguel!...

Con manos inciertas, la mujer emprendió la labor, asaz complicada. El marido permanecía en acecho, temeroso de una sorpresa, que no sería, por otra parte fácil evitar... Ginesa desempeñaba y desfajaba al niño de sus amos, que gruñía y lloriqueaba, despertado súbitamente. Ya desnudito, con todo su cuerpo de rosa encima de la nitidez de la sábana, le amamantó para calmarle.

-¡Vivo, vivo, no tanto cuajo! -repetía, con terrible expresión de zozobra, la voz del hombre.

Del lío abandonado sobre la meridiana salió un vagido confuso. Dentro del cobijo de trapos había otra criatura. Ginesa, al oír aquella especie de gemido dulce y tierno, como balar de ovejilla desamparada, recobró valor, actividad, serenidad. Era la queja de su crío, a quien, necesitada, hubo de dejar por un hijo ajeno. Y amante de la criatura como una leona madre, Ginesa le daría, no leche, sangre de las venas brotando de heridas que doliesen mucho.

Y lo tenía entregado a manos indiferentes, sin cuidados, criado a biberón sabe Dios cómo, encanijándose tal vez; y el chorro de dulzura que surtía de sus senos era para un chiquillo rico, que podía comprarlo.

Ella no robaría un céntimo jamás; pero, vamos, que tampoco esto era justo. Y pensaba con salvaje gozo en que, desde aquel punto y hora, el chiquillo de sus entrañas sería quien bebiese el jugo de su vida, todo, sin tasa, a oleadas de amor...

Emprendió la otra tarea: la de desnudar a su rorro. Cada prenda que le quitaba, tibia del calor del corpezuelo, se la ponía al hijo de los señores. Embriagada ya en la temeraria acción, repetía mofándose:

-Toma..., toma... Toma ropa de pobres, a ver si te gusta...

El niño, satisfecho con la mamadura reciente, entornando sus ojitos, se adormecía... Lo soltó Ginesa sobre el mantón astroso, y vistió al otro con las prendas delicadas, que marcaba una coronita minúscula de marqués. La voz del marido, ronca por un terror que iba graduándose, insistía:

-Pero, ¿acabas u no, mardita? ¡Qué güelvan y nos piyen en la faena!...

Terminó el trueque, Miguel se acercó y contempló a su hijo, yacente en la elegante cuna. Se dilató su rostro de vanidad, de malignidad, de pasión satisfecha. Y, bajándose, riendo, le colocó un gran beso, a bulto.

-¡Adiós, marqués! -murmuró, irónico-. Pué que argunos haya por el mundo como tú...

-Por muchos años sea -exclamó Ginesa, vehemente.

-¡Menuda vía se dará el tunantón! -añadió, a guisa de comentario, Miguel.

Y recogiendo de la meridiana el bulto, cargó con él de nuevo, rezongando:

-¡Tú, ala pa mi casa!... A ver si te paece mejor que esta.

Ginesa, ya sin miedo ni escrúpulo alguno, le echó la capa sobre los hombros y le embozó en ella, empujándole, a fin de que no se demorase ni un segundo más... Habían salido bien del lance; no lo enredase el diablo...

Y sería el diablo o quien fuese, pero al punto mismo en que Miguel transponía el umbral, cara a cara se halló con el señor marqués en persona.

-¿Qué es esto? ¿Quién va? ¡Alto!... ¡Quieto!... ¡A desembozarse!...

Dos puños de hierro, de fuerte sportman, sujetaban, zarandeaban al presunto ladrón...

-¡Ginesa! ¡Ama Ginesa! ¿Quién es este hombre?

Y serena, sin perder la presencia de espíritu, Ginesa avanzó, se arrodilló, gimoteando:

-Señor marqués... Perdón... No es nadie, señor; es mi marío... Señorito, no goverá a suceer... Quince días que no veía a mi nene, y me lo ha traío pa que le diese un beso... Muy mal hecho fue; pero, señorito, una es madre...

-¿No le habrá dado usted de mamar? Ya sabe que hemos convenido...

-¡Ca! No, señor... Ya sé que eso es "otra cosa"... Pero una miradiya...

-Estas no son horas -reprendió, severamente, el marqués- de venir ni de traer al chico... Se solicita permiso, se viene por la tarde...

-Así se hará, señor -respondió Miguel, que agasajaba al niño contra su pecho cariñosamente-. No tenga cuidao. Y, con su licencia, me llevo al pequeño, que la noche está muy fría.

-Lléveselo cuanto antes... ¡Me gusta la ocurrencia! ¡Y ese portero! Ya me oirán... ¡Ea! Andando...

Cuando se alejó el marido del ama, apretando bajo la capa a la criatura, el marqués se volvió hacia Ginesa:

-Dé usted gracias a Dios que he venido solo. Si me acompaña la señora, mañana busca otra ama. Y tendría razón de sobra. Y es lo que merecían ustedes. ¡Pues hombre!

Ginesa se echó a llorar, con un dolor que no podía ser más verdadero. ¡Ahora que tenía allí al nene suyo! ¡Irse! ¡No verle! ¡No criarle!

-Bueno; no se apure, no se le ponga mala leche; por esta vez, pase; que no se repita... Diga usted... ¿Ha estado usted siempre aquí?

-Sin moverme. ¿Lo ice el señorito por las yaves, que se quedaron puestas? Ya sabe que aunque hubiese ahí miyones...

-Ya sé, Ginesa, que es usted fiel... Sus amos antiguos respondieron por usted...

Y el marqués recogió el manojillo, reparando el olvido que había motivado su vuelta impensada. Bajando las escaleras aprisa, saltó en el mismo coche que le había traído, para llegar al teatro Real, a tiempo de no perder el último acto del Crepúsculo, la entrada de los dioses en la Walhalla.

Ardían los cuatro blandones soltando gotazas de cera. Un murciélago, descolgándose de la bóveda, empezaba a describir torpes curvas en el aire. Una forma negruzca, breve, se deslizó al ras de las losas y trepó con sombría cautela por un pliegue del paño mortuorio. En el mismo instante abrió los ojos Dorotea de Guevara, yacente en el túmulo.

Bien sabía que no estaba muerta; pero un velo de plomo, un candado de bronce la impedían ver y hablar. Oía, eso sí, y percibía -como se percibe entre sueños- lo que con ella hicieron al lavarla y amortajarla. Escuchó los gemidos de su esposo, y sintió lágrimas de sus hijos en sus mejillas blancas y yertas. Y ahora, en la soledad de la iglesia cerrada, recobraba el sentido, y le sobrecogía mayor espanto. No era pesadilla, sino realidad. Allí el féretro, allí los cirios..., y ella misma envuelta en el blanco sudario, al pecho el escapulario de la Merced.

Incorporada ya, la alegría de existir se sobrepuso a todo. Vivía ¡Qué bueno es vivir, revivir, no caer en el pozo oscuro! En vez de ser bajada al amanecer, en hombros de criados a la cripta, volvería a su dulce hogar, y oiría el clamoreo regocijado de los que la amaban y ahora la lloraban sin consuelo. La idea deliciosa de la dicha que iba a llevar a la casa hizo latir su corazón, todavía debilitado por el síncope. Sacó las piernas del ataúd, brincó al suelo, y con la rapidez suprema de los momentos críticos combinó su plan. Llamar, pedir auxilio a tales horas sería inútil. Y de esperar el amanecer en la iglesia solitaria, no era capaz; en la penumbra de la nave creía que asomaban caras fisgonas de espectros y sonaban dolientes quejumbres de ánimas en pena... Tenía otro recurso: salir por la capilla del Cristo.

Era suya: pertenecía a su familia en patronato. Dorotea alumbraba perpetuamente, con rica lámpara de plata, a la santa imagen de Nuestro Señor de la Penitencia. Bajo la capilla se cobijaba la cripta, enterramiento de los Guevara Benavides. La alta reja se columbraba a la izquierda, afiligranada, tocada a trechos de oro rojizo, rancio. Dorotea elevó desde su alma una deprecación fervorosa al Cristo. ¡Señor! ¡Que encontrase puestas las llaves! Y las palpó: allí colgaban las tres, el manojo; la de la propia verja, la de la cripta, a la cual se descendía por un caracol dentro del muro, y la tercera llave, que abría la portezuela oculta entre las tallas del retablo y daba a estrecha calleja, donde erguía su fachada infanzona el caserón de Guevara, flanqueado de torreones. Por la puerta excusada entraban los Guevara a oír misa en su capilla, sin cruzar la nave. Dorotea abrió, empujó... Estaba fuera de la iglesia, estaba libre.

Diez pasos hasta su morada... El palacio se alzaba silencioso, grave, como un enigma. Dorotea cogió el aldabón trémula, cual si fuese una mendiga que pide hospitalidad en una hora de desamparo. "¿Esta casa es mi casa, en efecto?", pensó, al secundar al aldabonazo firme... Al tercero, se oyó ruido dentro de la vivienda muda y solemne, envuelta en su recogimiento como en larga faldamenta de luto. Y resonó la voz de Pedralvar, el escudero, que refunfuñaba:

-¿Quién? ¿Quién llama a estas horas, que comido le vea yo de perros?

-Abre, Pedralvar, por tu vida... ¡Soy tu señora, soy doña Dorotea de Guevara!... ¡Abre presto!...

-Váyase enhoramala el borracho... ¡Si salgo, a fe que lo ensarto!...

-Soy doña Dorotea... Abre... ¿No me conoces en el habla?

Un reniego, enronquecido por el miedo, contestó nuevamente. En vez de abrir, Pedralvar subía la escalera otra vez. La resucitada pegó dos aldabonazos más. La austera casa pareció reanimarse; el terror del escudero corrió al través de ella como un escalofrío por un espinazo. Insistía el aldabón, y en el portal se escucharon taconazos, corridas y cuchicheos. Rechinó, al fin, el claveteado portón entreabriendo sus dos hojas, y un chillido agudo salió de la boca sonrosada de la doncella Lucigüela, que elevaba un candelabro de plata con vela encendida, y lo dejó caer de golpe; se había encarado con su señora, la difunta, arrastrando la mortaja y mirándola de hito en hito...

Pasado algún tiempo, recordaba Dorotea -ya vestida de acuchillado terciopelo genovés, trenzada la crencha con perlas y sentada en un sillón de almohadones, al pie del ventanal-, que también Enrique de Guevara, su esposo, chilló al reconocerla; chilló y retrocedió. No era de gozo el chillido, sino de espanto... De espanto, sí; la resucitada no lo podía dudar. Pues acaso sus hijos, doña Clara, de once años; don Félix de nueve, ¿no habían llorado de puro susto cuando vieron a su madre que retornaba de la sepultura? Y con llanto más afligido, más congojoso que el derramado al punto en que se la llevaban... ¡Ella que creía ser recibida entre exclamaciones de intensa felicidad! Cierto que días después se celebró una función solemnísima en acción de gracias; cierto que se dio un fastuoso convite a los parientes y allegados; cierto, en suma, que los Guevaras hicieron cuanto cabe hacer para demostrar satisfacción por el singular e impensado suceso que les devolvía a la esposa y a la madre... Pero doña Dorotea, apoyado el codo en la repisa del ventanal y la mejilla en la mano, pensaba en otras cosas.

Desde su vuelta al palacio, disimuladamente, todos la huían. Dijérase que el soplo frío de la huesa, el hálito glacial de la cripta, flotaba alrededor de su cuerpo. Mientras comía, notaba que la mirada de los servidores, la de sus hijos, se desviaba oblicuamente de sus manos pálidas, y que cuando acercaba a sus labios secos la copa del vino, los muchachos se estremecían. ¿Acaso no les parecía natural que comiese y bebiese la gente del otro mundo? Y doña Dorotea venía de ese país misterioso que los niños sospechan aunque no lo conozcan... Si las pálidas manos maternales intentaban jugar con los bucles rubios de don Félix, el chiquillo se desviaba, descolorido él a su vez, con el gesto del que evita un contacto que le cuaja la sangre. Y a la hora medrosa del anochecer, cuando parecen oscilar las largas figuras de las tapicerías, si Dorotea se cruzaba con doña Clara en el comedor del patio, la criatura, despavorida, huía al modo con que se huye de una maldita aparición...

Por su parte, el esposo -guardando a Dorotea tanto respeto y reverencia que ponía maravilla-, no había vuelto a rodearle el fuerte brazo a la cintura... En vano la resucitada tocaba de arrebol sus mejillas, mezclaba a sus trenzas cintas y aljófares y vertía sobre su corpiño pomitos de esencias de Oriente. Al trasluz del colorete se transparentaba la amarillez cérea; alrededor del rostro persistía la forma de la toca funeral, y entre los perfumes sobresalía el vaho húmedo de los panteones. Hubo un momento en que la resucitada hizo a su esposo lícita caricia; quería saber si sería rechazada. Don Enrique se dejó abrazar pasivamente; pero en sus ojos, negros y dilatados por el horror que a pesar suyo se asomaba a las ventanas del espíritu; en aquellos ojos un tiempo galanes atrevidos y lujuriosos, leyó Dorotea una frase que zumbaba dentro de su cerebro, ya invadido por rachas de demencia.

-De donde tú has vuelto no se vuelve...

Y tomó bien sus precauciones. El propósito debía realizarse por tal manera, que nunca se supiese nada; secreto eterno. Se procuró el manojo de llaves de la capilla y mandó fabricar otras iguales a un mozo herrero que partía con el tercio a Flandes al día siguiente. Ya en poder de Dorotea las llaves de su sepulcro, salió una tarde sin ser vista, cubierta con un manto; se entró en la iglesia por la portezuela, se escondió en la capilla de Cristo, y al retirarse el sacristán cerrando el templo,

Dorotea bajó lentamente a la cripta, alumbrándose con un cirio prendido en la lámpara; abrió la mohosa puerta, cerró por dentro, y se tendió, apagando antes el cirio con el pie...

El esclavo nubiano, portador de la lámpara de arcilla, la colocó cuidadosamente sobre la estela de ónix, y el reflejo de la luz proyectó en las paredes de la cámara sepulcral, decoradas con pinturas prolijas y jeroglíficos misteriosos, las altas sombras de la reina, del gran sacerdote y del mismo fornido esclavo.

Cleopatra, sobre la túnica de gasa violeta, llevaba una sola joya, el collar de escarabajos de turquesas y esmeraldas, célebre por su significación y su procedencia; perteneciente a Psamético primero, robado por Tolomeo Lago, el fundador de la dinastía de los Lagidas, transmitido a los sucesores de la corona, era como emblema de aquel poder de los reyes de Egipto, que se llamaría ilimitado si no lo contrastase la teocracia. Los soberanos de la dinastía griega, sintiéndose usurpadores, habían exagerado el culto de la tradición, y el collar, al cual se atribuían virtudes sobrenaturales, salía a relucir en los momentos críticos, cuando se invocaba al Dios creador y conservador de la tierra del buitre.

Aparte del collar, otro escarabajo de cambiante esmalte, sencillo y primoroso, ceñía con sus alas las sienes de la reina, oprimiendo los bucles negros que se escapaban como racimos de uvas maduras. El esclavo miraba con éxtasis. Una sonrisa silenciosa, de ventura, dilataba sus gruesos labios y hacía brillar su dentadura juvenil. Él sabía a punto fijo que no era cierto que Cleopatra abriese sus brazos únicamente al general romano que había perdido la batalla de Accio. Aquella sonrisa, a la vez de adoración y de insulto, hizo fruncir el entrecejo a Cleopatra. Extendió el dedo y señaló a una puerta baja, maciza, oscura.

-Apoya los hombros, Elao -ordenó-. Aprieta con fuerza hasta que la puerta gire.

El esclavo obedeció y cuando la puerta giró sobre sus goznes de bronce, las espaldas negras eran rojas. Gotas de sangre del esclavo teñían la superficie del metal.

-Enciende las lámparas.

Entrando en el recinto que cerraba la puerta, Elao prendió con la lámpara que había traído las mechas de otras preparadas ya, y la reina y el sacerdote penetraron también en la primera cámara del tesoro. Detuviéronse en el umbral a contemplar tanta magnificencia, mientras el esclavo iluminaba el segundo recinto. El gran sacerdote, que no conocía el tesoro sino por la leyenda secular, alzó las manos en forma de copa y exhaló un grito de admiración. Lo de menos eran las barras de oro apiladas en el suelo.

Desde hacía trescientos años, los reyes Lagidas reunían, ocultándolas en las profundidades del sepulcro que los aguardaba, las joyas más raras y de más exquisita labor. Preseas que pertenecieron a Alejandro; objetos salvados de los saqueos de ciudades desaparecidas; collares y brazaletes de princesas que dormían el sueño eterno; vasos sagrados de cultos que ya nadie practicaba; estatuas de oro de dioses de olvidado nombre; perlas únicas, ofrecidas antaño a divinidades monstruosas; cetros regios, coronas afiligranadas, broches que cerraron mantos imperiales, se hacinaban en hornacinas abiertas en la pared y revestidas de telas y chapas de dorada madera, y se desbordaban en montones por las esquinas y hasta colgaban del techo, dentro de espuertas finísimas de palma.

La luz de las lámparas, incierta y parpadeante, hacía de pronto emerger de la sombra detalles de maravillosa ejecución, adornos perfectos, líneas de belleza que convidaban a arrodillarse, y Cleopatra, volviéndose al sacerdote, pronunció:

-Aquí se guarda lo mejor del mundo. Los romanos, que han saqueado tantos reinos, nada poseen comparable a este tesoro. Todos mis ascendientes, en su sangre griega, llevaban el amor al arte, y lejos de las miradas profanas, que no deben posarse en la suprema hermosura, juntaron lo que no tiene precio, lo que ardientes momentos de inspiración fijan en la materia y pacientes trabajos perpetúan. Vencida, amenazada, casi prisionera ya, todavía la reina de Egipto es dueña de algo que envidiaría Octavio, y que además, Octavio necesita para pagar a sus tribuni militum, a quienes debe cantidades, y a las legiones de Antonio, que acaban de sometérsele. ¿No crees que, por este tesoro, Octavio me devolvería libremente mi corona?

El sacerdote reflexionaba, atusándose la barba ondulada en canalones simétricos. Sus ojos ovales, negrísimos, expresaban la incertidumbre y la inquietud. El poder sacerdotal había decaído mucho bajo los Lagidas, reyes impuestos por la conquista alejandrina, y ahora, ante la arrolladora fuerza de los romanos y el imperioso y caprichoso manto de Cleopatra, era apenas una sombra y un recuerdo.

-¿Sabe alguien dónde ocultas tu tesoro, reina? -preguntó, al fin, gravemente.

-Tú y yo no más.

Los ojos de forma de almendra, de oblicua mirada, designaron al esclavo, inmóvil como una estatua de basalto negro.

-No hablará; es una tumba -murmuró Cleopatra, envolviendo en su fulgurante ojeada al nubiano.

-Entonces, reina, Octavio aceptará tus condiciones o...

-O muerta yo, y en caso necesario, tú harás desaparecer el tesoro de los Lagidas. Que no se apodere de él Octavio, ¿entiendes? Que no llegue a ponerle encima la mano. Destruye, entierra, arroja a lo más hondo del mar... Todo menos entregárselo al romano vencedor.

-Se hará así... No nos queda otra esperanza.

-Aún queda otra... Ven.

La reina pasó al segundo recinto. Era una cámara más chica, circular, acribillada de hornacinas también, en las cuales objetos de formas extrañas, heteróclitas, se apiñaban confusamente.

-Son amuletos, talismanes, fetiches, mandrágoras, piedras del cielo, bezoares, uñas de la gran bestia, redomas de encantamientos y filtros... Han sido traídos de todos los países, recogidos sobre cadáveres, en santuarios quemados, en guaridas nocturnas de hechiceras de Tesalia; han sido arrancados, robados, comprados a peso de oro... Puesto que los dioses del Egipto nos abandonan, ¿no habrá ahí un Dios o un genio que nos salve? ¡Considera la cantidad de poder sobrenatural que encierran tantas cosas prodigiosas!

El sacerdote respondió, meneando la cabeza:

-Nuestros dioses nos castigan, reina, por haber pactado alianza con el extranjero, por la profanación de unirte a un general romano y hacerle monarca de Egipto. Hemos merecido que nos abandonen, y nos abandonan. Contra su cólera no pueden nada esas piedras y esos líquidos, esas raíces y esos despojos, que reciben su poder del universal creador, de Ptah el eterno.

-Ptah el eterno no puede impedirme morir, y entre esos amuletos hay venenos tan rápidos y sutiles, que la muerte que producen debe llamarse dulce sueño. Las joyas más preciadas de este tesoro son los instrumentos de mi libertad. En ningún caso figuraré en el triunfo de mis enemigos.

El estremecimiento del esclavo hizo volverse a la reina.

-Tú no quieres que yo muera, Elao...-articuló con aquella sonrisa que era un abismo de gracia y coquetería, acercándose con movimiento felino, acariciador-. Tú, que eres un poco de arcilla, no quieres que perezca la hija de los Tolomeos... ¿Prefieres que me humillen? ¿No sabes que la muerte es muy bella? No hay nada más hermoso que la muerte y el amor. Tranquilízate, Elao. Busca en esa pared el resalte de una cabeza de serpiente de metal y oprímela... Así...

Elao apretó sin recelo. Un trozo de pavimento se hundió rápidamente, arrastrando consigo al esclavo. Remoto, sordo, mate, como el amortiguado por el agua, se oyó el ruido de su caída. Ya ascendía otra vez el pavimento y se encajaba en su lugar, silenciosamente.

-No hablará -dijo Cleopatra-. El secreto nos pertenece a nosotros solos.

No hizo el sacerdote observación alguna. La vida de un esclavo no merecía el trabajo de abrir la boca. Y dejando encendidas las lámparas, que de suyo se apagarían, abandonaron aquel lugar, escondido en las fundaciones de un sepulcro y construido con tal arte, que arrasarían la ciudad entera sin dar con él.

El esclavo era joven, hercúleo, y nadaba como los peces. Por milagro consiguió no ahogarse al caer en un canal profundo, comunicado con la bahía de Alejandría. Y fue él quien reveló a Octavio vencedor el secreto del inestimable tesoro de los Lagidas, que Octavio derritió en el horno brutalmente, apremiado por la urgencia de acallar con dinero a sus legiones, abriéndose camino al Imperio de Roma. Privada de sus instrumentos de libertad, Cleopatra tuvo que pedir un cesto de fruta, donde había una serpezuela cuya mordedura liberta también.

Cada cuatro años, hacia el fin del otoño, vienen a la ciudad y se anuncian dando mil vueltas por sus calles los rusos traficantes en pieles, que buscan manera de colocar su mercancía, y, para conseguirlo, ejercitan la ingeniosidad insinuante de los mercaderes de Oriente. Cargados con diez o doce pieles de las malas -las ricas no las enseñan sino cuando descubren un marchante serio-, aguardan a que desde un balcón se les haga una seña, y suben a vender a precios módicos el visón lustrado, el rizoso astracán y la nutria terciopelosa. Si se les ofrece una taza de café y una copa de anisado, no la desprecian, y si se les interroga, cuentan mil cosas de sus largos viajes, de los remotos y casi perdidos países donde existen esas alimañas cuya bella y abrigada vestidura constituye la base de su comercio. Son pródigos en pintorescos detalles, y describen con realismo, tuteando a todo el mundo, pues en su patria se habla de tú al padrecito zar.

Por ellos supe interesantes pormenores de la existencia de los pueblos que nos surten de pieles finas, de ese armiño exquisito que parece traído de la región de las hadas. Son los hombres quizá más antiguos de la tierra; apegadísimos a sus ritos y costumbres, miserables hasta lo increíble, alegres como niños y próximos a desaparecer como las especies animales que acosan.

-El armiño ha encarecido mucho en estos últimos tiempos -decía Igor, el más elocuente de los tres traficantes-, y es porque el animalito se acaba; pero tú deja pasar un siglo, y verás que una piel de esquimal es más rara que la del armiño, desde el mar de Baffin a las costas islandesas. ¡Es una gente! -repetía Igor en torno enfático-. ¡No se ha visto gente tan rara! Y siempre que estuve allí trabajando, a las órdenes del enviado de la Compañía que compra al por mayor toda piel, creí morir de asco de tanta suciedad. ¡Oh! ¡Los muy sucios!

Reprimimos una sonrisa, porque los rusos, en general, no gozan fama de aseados, y para que un ruso se horripile de la suciedad de algo o de alguien, ¿cómo será y qué abismos de inmundicia encerrará la vida de los cazadores de pieles del país del armiño inmaculado? ¿Y quién sabe si un holandés que estuviese presente -ellos que lavan las fachadas- sonreiría, a su vez, de nuestro sonreír?

-¡Es una gente! -repetía Igor, en cuya cara pomulosa y barbuda se leía una repugnancia antigua, evocada de nuevo-. ¡Cualquiera se asombra de lo que comen! ¡No es comer; es como si un saco tuviese la boca abierta y en él echásemos todo, crudo, medio cocido, medio perdido ya..., o perdido enteramente, que yo lo he visto! ¡Delante de mí hirieron a un reno y se comieron pedazos de su carne antes que expirase! ¡Y luego devoraron la papilla, a medio digerir, de las hierbas que el reno tenía en el estómago!

-Si esa gente no come lo mismo que fieras, no resiste el clima -observé.

Igor no apreció la excusa. Hacía gestos de desagrado, muecas de horror, y acabó por referirme un episodio que traslado, de su lenguaje semiespañol, falto de vocabulario y abundante en exclamaciones y onomatopeyas, al habla corriente.

-No son hombres como nosotros, no... Aparentan mucho afecto a sus niños; nunca les riñen ni les castigan; pero si abundan, los depositan en una cuna de hielo, al borde del mar, y allí los dejan morir de frío... El respeto a los padres es exagerado; delante de ellos no alzan la voz: ¡y he aquí lo que ocurrió a mi vista; lo que no pudimos impedir, y el jefe de la factoría me dijo que sucedía siempre y que anda escrito en los libros de los sabios!

En la ranchería de los Inuitos, donde adquirimos muchos lotes de pieles magníficas, conocí a un viejo, llamado Konega, que dirigía las ventas, por ser el mejor cazador y pescador de la tribu. Esta especie de patriarca, venerado en la tribu como si fuese adivino o mágico, ejercía verdadero mando entre una gente que no tiene forma de gobierno alguna. El mejor trozo de foca era siempre para él, y no se le escatimaba el aceite de ballena, que bebía a grandes tragos.

Un día, Konega cayó enfermo. Todos, y especialmente sus nueras y sus hijos, se desvivían por cuidarle, con tal celo, que empecé a estimar a los bárbaros por su ternura filial. Aunque nada sé de Medicina, con tanto viajar he tenido que aprender algunos remedios, y les ofrecí dos o tres drogas de que disponía. Poco después pregunté a los de la tribu que vinieron a la factoría a vender pieles y plumas de aves de mar, y supe que mis medicinas habían sentado bien al paciente.

-Lo sabemos, sin que quepa duda -me dijeron-, porque la piedra que Konega tiene debajo de su cabecera disminuye de peso, señal de que la enfermedad mengua también.

Pasó algún tiempo sin noticias del viejo pescador. No me decidí a visitarle en su cabaña o cueva subterránea, construida con pieles de foca y costillares de ballena, porque, a la verdad, aquel ambiente y aquel olor eran para tumbar de espaldas, por recio que se tenga el estómago. Llegó, sin embargo, un momento en que nos acercamos a la ranchería a fin de contratar a alguno de los esquimales más robustos y diestros en la caza, que nos acompañasen con sus trineos y sus perros en una expedición que proyectábamos, y entonces quise informarme del estado de Konega. Sin indicios de aflicción me respondieron que, ahora, la piedra pesaba más, indicio evidente de que el enfermo empeoraba...

¡Y vuelta con la piedra! ¿Quién se pone a discutir con esquimales? ¿Qué decirles a gentes que comen, a manera de confituras, el sebo y la vaselina y, cuyas mujeres os abrazan si les regaláis una pastilla de jabón, que saborean, quitándole el papel de plata, lo mismo que si fuese un marron glacé?

Al desviarnos un poco de la ranchería, vi que acababan de construir una cabaña nueva, hecha por el sistema, usual en estos pueblos del círculo polar, de emplear como materiales de construcción grandes bloques de hielo. Estos sillares transparentes son sólidos y duran mucho. Y la cabaña de hielo, al principio, es bonitísima. Un templete de cristal. Al través de hielo pasa una luz misteriosa, una claridad dulce, de infinita calma; y si el sol, al ponerse hiere los muros, les arranca reflejos de fuego y pedrería y juega con luces peregrinas, como si todo el edificio ardiese. Algunos esquimales se ocupaban en amueblar la nueva habitación con lujo: tendían cuidadosamente en el suelo pieles de reno, de oso y de perro polar, mullendo una cama; colocaban sobre un poyo de hierro una jarra de agua de nieve derretida, y una lámpara de las que ellos usan, donde arde un puñado de musgo seco alimentado con aceite de ballena o de foca. ¿Y qué imaginé yo? Como acababa de dejar en una aldeíta, cerca de Moscú, a mi novia, y me acordaba bastante de ella en aquellas soledades, creí que la cabaña era para unos desposados, y sentí envidia, porque, aun en tierra de mujeres tatuadas y que llevan a sus hijos dentro de las botas, siempre es cosa buena el amor...

Aquella noche nos convidaron en la ranchería a un banquete. Rehusamos políticamente, porque sabíamos que se trataba de devorar cuartos de perro marino y morsa, y de beber aceite congelado; ofrecimos dos o tres botellas de aguardiente, y prometimos ir un momento, como el que dice, a los postres. Aun esto requería valor. Nos brindarían algún asqueroso regalo... Grande fue mi sorpresa al ver al anciano Konega presidiendo el festín. Estaba tan demacrado que daba miedo, y no comía, mientras los demás tenían la cara roja de indigestión; les salía por los ojos la comilona. Al final le fue presentada a Konega -supremo obsequio- una pipa rellena de tabaco, y el patriarca la apuró con voluptuosidad lenta, tragándose el humo para no perder nada del goce... Su cara expresaba perfecta beatitud.

Al otro día salimos a la expedición, en la cual hicimos una matanza regular de morsas y focas, y regresamos a los dos días, exhaustos de cansancio y habiéndosenos agotado los víveres. Para los esquimales había hartura, porque ellos devoran la foca fresca y podrida con igual deleite... Nosotros sentíamos necesidad, y la cabaña de la factoría, un poco más decente que las de ellos, nos pareció un paraíso.

Mi primera salida fue para rondar la nueva residencia, por curiosidad de ver a los novios, a quienes suponía comiendo el pescado crudo de la boda. Un silencio absoluto reinaba alrededor. Dentro se oía un gemido estertoroso, y se veía un bulto informe. Desvié el sillar de hielo que cerraba la puerta, y encontré al viejo Konega en el trance de morir. La lámpara estaba apagada, la cántara vacía. Me incliné para socorrerle; el moribundo abrió a medias los ojos y, sin articular palabra, se volvió hacia la pared. Fue como si me dijese: "Déjame irme en paz; mi hora ha llegado..."

En la factoría me enteraron luego de la costumbre. Cuando se prolonga el padecimiento, el enfermo es abandonado dentro de una cabaña, cuya puerta se cierra. Ni él protesta, ni titubea la familia. El cariño es una cosa y esto es otra...

-¿Verdad que es un pueblo extraño? -añadió Igor, que aún parecía sentir la horripilación de la cabaña que creyó tálamo y era ataúd.

-No es pueblo -respondí-. Es una plaza sitiada por hambre... ¡Sobran las bocas inútiles...!

El fundador de aquel Imperio turco, que tanto dio que hacer antaño a venecianos y españoles, hasta que logramos contenerle definitivamente en sus fronteras europeas, por medio de la función de Lepanto, fue uno de esos héroes que, dotados de valor sin límites, unía a él -sucede lo mismo a casi todos los superhombres de acción- prudencia y astucia dignas de un discípulo de Maquiavelo, que aún había de tardar en nacer algunos siglos cuando vivió Gazi-Osmán.

Gazi-Osmán no nació en las gradas del trono, y todavía andaba lejos de él al ocurrir la aventura que os refiero. Los cronistas orientales se han complacido en atribuir al fundador del Imperio otomano fabulosos orígenes, remontando su genealogía hasta el diluvio; pero esto sólo prueba que en todas partes pasan las mismas cosas. No por eso se crea tampoco que Osmán hubiese nacido en las pajas: descendía de un general de la Horda, lo cual ya es honorífico. La sangre nómada que latía en las arterias de Osmán, le prestó esa energía de instinto que conduce a acometer sin recelo las más increíbles empresas. Mientras el padre de Osmán ejercía irrisorio poder feudal sobre un pedacillo de tierra, el hijo meditaba en el Imperio magnífico que extendería la palabra y la doctrina del Profeta por Europa y Asia, cogiendo a los perros cristianos entre los brazos de la tenaza del Islam; los africanos por España y los turquestanos desde el canal del Bósforo hasta Transilvania, para avanzar de allí hasta donde fuese preciso.

Como nadie podía saber lo que Gazi-Osmán pensaba, y le veían en la minúscula corte de su padre, entregado a las distracciones y al amor, al que era asaz inclinado, a fuer de magnánimo, llamábanle Osmanlick, que quiere decir Osmancillo. Y ocurrió de súbito que, habiéndole conferido el Soldán de Iconio, en el Asia Menor, el tambor y el estandarte, lo cual significaba entregarle el mando de un ejército, además del derecho a acuñar moneda y a que su nombre se pronunciase en las oraciones de las mezquitas, la gente, siempre desdeñosa, dio en decir que se había vuelto loco el Soldán al atribuir a Osmancillo tan alto puesto. Fue preciso que Osmancillo ganase algunas batallas contra griegos y tártaros para que la afectación de desdén se volviese amarilla envidia y propósito secreto de venganza.

Venganza, ¿de qué? Como todos los ambiciosos de alto vuelo, Osmán no molestaba ni dañaba a persona que no le estorbase en el logro de sus designios. Era, al contrario, servicial y afable, y alardeaba de esa fidelidad a la palabra empeñada que distingue a los pueblos arabíes. Después súpose que Osmán creía necesario, al que ha de manejar hombres y razas, pasar siempre por leal, a fin de poder valerse, en caso extremo y crítico, de la traición como arma decisiva. Por entonces, la mano de Gazi-Osmán había cumplido siempre lo que prometía su boca.

Acaso lo que le valió a Osmán enemigos fuese el presentimiento de su altura... Y no falta quien insinúe que anduvo de por medio el rostro de una mujer. Ello es que se convino en tender a Osmán una celada, convidándole a las bodas del principal conspirador, Kalil, con la hermosísima Nilufer, celebrada y cantada por los poetas. Envanecida de su hermosura, Nilufer no quería cubrir su faz con el velo que empezaba a ser ritual en las mujeres de los buenos musulmanes; y así, las maravillas de su rostro eran conocidas y comentadas, y se hacían apuestas sobre si vencían sus labios a las flores de los granados, y si sus ojos rasgados y ovales brillaban tanto o más que la luna, alumbrando aquella tan bermeja boca, donde los dientes rebrillaban como las perlas que entretejían sus trenzas pesadas, luengas hasta besar el tacón de sus curvas babuchas. Kalil, el mayor enemigo de Osmán, joven, apuesto, señor de un principado y un castillo, había logrado cautivar a la presumida Nilufer, y pensaba reunir en un mismo día dos emociones: la posesión de la mujer amada y la muerte del enemigo, acaso del rival, que esto no lo aclaran las historias. Convidó, pues, a Osmán, y este prometió asistir, y hasta dirigió a Kalil un ruego, que denotaba la confianza más absoluta: que le permitiese transportar a su castillo el harén y los tesoros, a fin de prevenir alguna sorpresa de los griegos durante su ausencia. Y Kalil se avino con júbilo, felicitándose de la imprevisión de Osmancillo, que así le entregaba, con su persona, lo más preciado: sus odaliscas, sus riquezas.

El día señalado presentóse ante la fortaleza de Kalil una dilatada comitiva regia. Al frente, rigiendo su caballo, cuyos jaeces desaparecían bajo los bordados de plata, cabalgaba Osmán, vistiendo, con su habitual sencillez, caftán de larga manga perdida, colorado bonetillo que rodeaba blanco turbante de haldas -la corona korosánica- y, según conviene al que llega a casa de un amigo, ningún arma ni escolta fuerte. Era Osmán diestro jinete, y a caballo disimulaba el defecto de su configuración, los largos brazos que descendían hasta más abajo de la rodilla. La majestad de su actitud y la gravedad de su semblante barbudo y velloso infundían respeto. Kalil sintió un recelo indefinible. Iba a asesinar al huésped, maldad que pocos de su raza osarían cometer. Pero para retroceder era tarde. Los demás conjurados, en número de doce, estaban ocultos en el castillo aguardando el momento...

Detrás de Osmán, en prolongada fila, venían las jóvenes odaliscas, rigurosamente rebozadas hasta los pies. Imposible adivinar nada de sus facciones, ni aun de sus formas: tanto cendal las envolvía. Sólo se oía el choque metálico de collares y ajorcas. Y como Nilufer, chanceramente, vibrando una mirada de sus ojos de gacela al caudillo, le preguntase si no sería lícito admirar la beldad de las huríes, Osmán respondió con naturalidad que, mientras él viviese, nadie vería la faz de mujer que fuese suya.

-¡Ah, felices las que pertenezcamos a Kalil! -exclamó con coquetería la novia.

-Felices también los amigos de Kalil -declaró Osmán, sin recargar la ironía al pronunciar la ambigua frase.

Y cruzaron la puerta de herradura del castillo, y detrás pasaron las mujeres veladas, y sus guardianes, y los carros donde pesados cofres de cuero relevado encerraban los tesoros de Osmán. Pidió éste licencia para acomodar su harén lo primero, y se encerró con las mujeres en las habitaciones reservadas. Cayeron, en menos de un minuto, los densos cendales y sutiles lanas envolvedoras, y aparecieron las gallardas figuras y los viriles rostros de los cuarenta montañeses del Aral, que seguían a Osmán en los combates y le defendían como leales perros, formando una guardia a prueba. Sus armas eran lo que sonaba a metal. Recibieron una consigna, y Osmán, con la sonrisa en los labios y el puñal corvo oculto en el pecho, bajó a reunirse con Kalil. Conocía la conjura desde que se fraguó; la suerte, prendada de los que han de ejecutar cosas memorables, quiso que entre los conjurados hubiese uno que le previno...

Dio principio el festín de bodas... Osmán, sabedor de que pronto se arrojarían sobre él, apretaba el puñal y prestaba oídos, mientras su corazón tenía el latido involuntario de los momentos supremos. Allá dentro, en lo más recóndito del castillo sin almenas, de redondas cúpulas, creyó oír voces, ruido de lucha. Eran sus montañeses que ataban y amordazaban a los conjurados. Embebecido Kalil con tener a su lado a Nilufer, que le decía mieles, nada notó, aunque extrañaba que no viniesen sus cómplices. La hermosa del rostro descubierto se levantó y tendió a Osmán una copa, no de vino, prohibido a los creyentes, sino de licor de granada, que embriagaba como el vino. Nilufer conocía la conjura, y en el licor había mezclado un narcótico para que Osmán no sufriese ni se resistiese. Con su luengo brazo izquierdo, Osmán volcó la copa al rechazarla, y con el derecho sacó el puñal, mientras gritaba:

-¡A mí!...

Los montañeses irrumpieron en la sala del festín, pero ya Kalil estaba tendido a los pies del Longibrazo, con la garganta abierta...

Una hora después, Osmán cubría la faz de Nilufer -después de estampar en ella el último beso-, con velo tupido, murmurando sin cólera, firmemente:

-No lo alzarás nunca; y ninguna mujer tendrá descubierto el rostro donde mande Osmán...

La hermosa hubo de obedecer a su vencedor, al que ya era su dueño. Se cuenta que lloró tanto, que le dieron el nombre de Nilufer al río claro, caudaloso, rodeado de nenúfares, que cruza la llanura de Brusa, de Este a Oeste.

RECOMPENSA

Al pie del bosque consagrado a Apolo, allí donde una espesura de mirtos y adelfas en flor oculta el peñasco del cual mana un hilo transparente, se reunieron para lavar sus pies resecos por el polvo Demodeo y Evimio, que no se conocían, y habían venido por la mañana temprano, con ofrendas al numen.

Demodeo era arquitecto y escultor. Muchos de los blancos palacios que se alzaban en Atenas eran obra suya, y se esperaba de él un monumento magnífico en que revelase la altura y el arranque vigoroso de su genio.

Evimio era un opulento negociante establecido en Tiro, que expedía flotas enteras con cargamentos de lana teñida, polvo de oro, plumas de avestruz y perlas, traficando sólo en esos géneros de lujo en que es incalculable el beneficio. Contábase que en los subterráneos de su quinta guardaba tesoros suficientes para costear una guerra con los persas, si el patriotismo a tanto le indujese.

A pesar de su riqueza, Evimio había querido venir al santuario de Apolo sin séquito, como un navegante cualquiera, subiendo a pie la riente montaña, cuyos senderos estaban trillados por el paso de los devotos; y cual los demás peregrinos, había dejado pendientes de una rama sus sandalias, y trepado descalzo hasta el edículo, donde, sobre un ara de mármol amarillento ya, se alzaba la imagen del dios del arco de plata.

Ahora, el millonario y el artista bañaban con igual fruición sus plantas incrustadas de arenas -a cuya piel se habían adherido hojas de mirto- en el hialino raudal y, respirando la fragancia de los ardientes laureles, arrancada por el sol, se comunicaban sus impresiones. Se conocían de nombre y fama, y se miraban, buscándose en la faz la causa de la inspiración del uno y del fabuloso caudal del otro.

Evimio, sentándose en la peña, dando tiempo a que se enjugasen sus pies húmedos, se quejó del peso de los negocios, mostrando fatiga; y Demodeo, inclinando la cabeza y recostándola en la mano, se lamentó de las ansias incesantes de la profesión artística, de la lucha con los envidiosos rivales y los ignorantes censores, de la mezquindad de los atenienses, que sólo construían edificios sin desarrollo para vivir mediocremente, cuando la belleza reclama lo innecesario, lo que se hace sólo por la belleza misma. Evimio, pensativo, aprobaba. También él había notado la cortedad de espíritu de los atenienses, en contraste con la asiática suntuosidad. Si se reuniesen ambas condiciones, el buen gusto de la Hélade y la generosidad de los emperadores persas, se podría realizar algo que fuese asombro del mundo. Y de repente, como iluminado por la chispa de una idea, exclamó:

-Unamos nuestras fuerzas, ilustre Demodeo. Vamos a erigirle un templo a Helios, como no se haya visto ningún templo a ninguna deidad. Ese santuario en que acabamos de depositar nuestras ofrendas, es indigno del Gran Arquero. Edificado cuando no se conocían otras exigencias, en su angosto recinto apenas caben los que a diario vienen a rendir homenaje al hermano de Latona. Yo costearé el templo; no temas hacerlo demasiado espléndido: quiero que sea admiración de las edades. A tu genio confío lo que nos ha de inmortalizar.

Demodeo, transportado, abrazó al negociante, y convinieron en que al siguiente día el arquitecto diese principio a trazar los planos, y sin levantar mano se emprendiese la fábrica.

Antes de un año salían del suelo las primeras hiladas del suntuoso edificio. Rápidamente, que es gran constructor el oro, creció la maravilla. La base de la construcción era el mármol, ese mármol puro y nítido como el arquetipo de la hermosura, trabajado profundamente por el pico y el cincel; un influjo oriental, sin embargo, se revelaba en ciertos detalles ostentosos de ornamentación, en la cámara secreta que había de albergar la estatua de Dios, y que incrustaban y engalanaban metales y piedras preciosas. Alrededor, el artista había desarrollado el sacro jardín, no menos esplendoroso de lo que iba a ser el templo. Grutas, fuentes, cascadas, estanques, a los cuales tributaba agua un inmenso acueducto; bosquecillos, terrazas llenas de flores, reemplazaban a la selva antigua y ofrecían a los devotos el más deleitoso descanso. El pueblo entero de Atenas venía en caravanas a ver adelantar la obra de Demodeo. Se reconocía su gloria; su talento no era discutido ya por nadie. Se empezaba a hablar de erigirle una estatua si muriese. De la munificencia de Evimio se hacían lenguas todos.

Por las tardes, cuando el ruido armonioso del pico se extinguía, y las cuadrillas de esclavos picapedreros se alejaban para descansar en sus lechos duros, Demodeo y Evimio recorrían la obra, se sentaban a ver cómo el sol, el protocreador Helios, entre una gloria inflamada, purpúrea, descendía a reclinarse en el seno de Anfitrite, derramando melancolía majestuosa sobre las cosas y los lugares, y también en los corazones.

-A pesar de tanta grandeza -murmuraba el opulento-, se diría que Apolo no es feliz; hay tristeza en su manera de recogerse, tristeza en su misma radiación triunfal. También nosotros frecuentemente estamos tristes, ahora que nuestro propósito se realiza y vamos a ver terminado el templo. ¿No te parece a ti ¡oh ilustre!, que Apolo nos estará agradecido? Ningún templo así le erigieron hasta el día. La fama de este portento se ha extendido por el Asia, y gente de los más remotos climas se prepara a visitarlo y a respetar el oráculo del Dios, ahora que tiene morada digna.

-Apolo -respondió el arquitecto- nos está agradecido seguramente, y no me sorprendería que se nos apareciese en su olímpica, augusta forma. A veces, en este bosquecillo de rosales, me ha parecido ver un vago nimbo de claridad, y escuchar unos pasos celestiales, ligeros. Quizá mientras nos parece que se duerme sobre la superficie del Ponto, está aquí, detrás de nosotros, y escucha los votos que formulamos.

-En ese caso -dijo Evimio-, yo le pido, como recompensa, un bien que sea el mayor, el verdadero, el soberano bien a que el hombre puede aspirar. Semejante bien, Demodeo, no será la riqueza, puesto que yo la poseo desde hace muchos años, y no por eso dejo de sentir esta inquietud, esta especie de interior desconsuelo, este vago terror a no sé qué desconocidos peligros, que me está poniendo el cabello cano y los ojos mortecinos y como velados por el humo de una hoguera.

-Semejante bien -asintió Demodeo- tampoco será la gloria artística, puesto que yo estoy seguro de haberla conquistado con la erección de un monumento que asombra a los presentes y que durará siglos y, sin embargo, lejos de bañarme en las ondas de oro de la alegría, tengo fiebre como si me hubiese dormido al borde de un pantano, y mi pensamiento, semejante a mosca negra que revoloquease alrededor del cuerpo de un guerrero muerto de sus heridas, revolotea siempre alrededor de las cosas trágicas y amargas, embriagándose con su zumo. El Dios, cuya presencia siento, sabrá lo que a título de recompensa nos debe, y nos dará cumplido, colmado, ese bien que le pedimos.

-Sea como dices -respondió Demodeo, estremeciéndose, porque al desaparecer Apolo, su blanca hermana aparecía rasando las olas y un soplo frío había acariciado los pétalos de las rosas y la desnudez de las estatuas.

Poco tiempo después, se dio el templo por terminado. La imagen del Numen sólo esperaba el primer sacrificio que le sería ofrecido, al amanecer, por los dos fundadores. Evimio y Demodeo inmolarían, con sus propias manos, un blanco toro. Acostáronse rendidos de fatiga en la antecámara del santuario, y no tardaron en dormirse. La luna filtraba sus rayos al través de la columnata del peristilo, y el simulacro de Apolo, de oro puro, se erguía gallardo, alzando su divina frente. Demodeo -el de mayor fantasía de los dos durmientes-, creyó ver, al través de las paredes, que el Dios descendía de su pedestal, y regulando su armonioso andar por los sones de la lira que llevaba en la mano, se acercaba airoso, bello hasta la idealidad, al rincón en que dormían los fundadores del templo. Y con ansia invencible, con el impulso de toda su voluntad, clamó hacia la aparición:

-¡La recompensa!

El Dios inclinó la cabeza; sonrió con su sonrisa de luz, que lo ilumina todo; dejó su lira, se desciñó el arco y la aljaba, y con la gracia de movimientos que sólo él posee, envió de costados dos flechas agudas, silenciosas, que pasaron el corazón a los dos amigos.

A la mañana siguiente, la turba de madrugadores devotos, sacerdotes y sacrificadores, los pastores de la Hélade y los pescadores del golfo, vieron atónitos que Demodeo, el insigne arquitecto, y Evimio, el opulentísimo negociante, estaban muertos, bien muertos. La expresión de su cara era como la que da un sueño feliz.

DIOSES

Cuidadosamente elegidos en el mercado, según es ley cuando se trata de mercancía destinada al servicio del templo, los dos esclavos eran hermosos ejemplares de raza, y si él parecía gallarda estatua de barro cocido, modelada por dedos viriles, ella tenía la gracia típica y curiosa de un idolillo de oro. Los pliegues del huépil apenas señalaban sus formas nacientes, virginales; los aros de cobre que rodeaban su antebrazo acusaban la finura de sus miembros infantiles. Entre él y ella no sumarían treinta y cinco años y, recién cautivos, el trabajo no había alterado la pureza de sus líneas ni comunicado a sus rostros esa expresión sumisa, aborregada, que imprime el yugo.

Al encontrarse reunidos en la casa donde los soltaron -casa bien provista de ropas, vajillas y víveres-, se miraron con sorpresa, reconociendo que eran de una misma casta, la de los belicosos tecos, adoradores del Colibrí. Desde el primer instante hubo, pues, entre los esclavos confianza, y se llamaron por sus nombres -él, Tayasal; ella, Ichel-. Sin preliminares se concertó la unión. Tayasal se declaraba marido y dueño de Ichel, "la de los pies veloces", y ella le serviría a la mesa y en todo. Dócilmente, Ichel presentó a su esposo los puches de maíz, el zumo del maguey y el agua para purificarse las manos, y a su turno comió después, con buen apetito juvenil.

De la suerte que les esperaba apenas hablaron, haciendo sólo breves alusiones sobreentendidas. El quejarse hubiese sonado a cobardía. No ignoraban la costumbre del poderoso pueblo donde tenían la desgracia de sufrir esclavitud, y ni aun la censuraban, porque las de su patria eran asaz parecidas, y el Colibrí, aún más sanguinario que los dioses del agua, en cuyas aras debía ser sacrificada la joven pareja a la vuelta de un mes. Aprovecharían a solaz, eso sí, los días que restaban; harían vida descuidada y deleitosa, de engordadero y amadero, y llegada la fecha, la sexta veintena, el 7 de junio, se despedirían del mundo bailando incansables hasta que la luna, subiendo por el cielo, señalase la hora de morir.

El día fatal ascenderían a divinidades. Ichel se revestiría con los atavíos de la diosa del agua; Tayasal, con los del dios. No cabía nada más honorífico para esclavos que respetaban a las deidades, aun cuando no fuesen las que desde niños adoraban con temblor fanático. Frecuentemente hablaban de cómo pasarían la fiesta, mil veces oída describir. No se trataba de una solemnidad guerrera, sino agrícola. Las aguas estarían entradas ya; las sementeras, crecidas y con mazorcas. Los sacerdotes, a la aurora, irían a quebrar cañas de maíz y clavarlas en las encrucijadas; las mujeres acudirían con ofrendas. Por la mañana también, una niña, vestida de azul, sería llevada, entre cánticos y música, al centro del lago, en ligera canoa, y allí, con fisga de descabezar patos, la degollarían, arrojando a las ondas rosadas por su sangre el corpezuelo y la destroncada cabeza. En cada vivienda, los instrumentos de labranza, en trofeo, se verían engalanados con ramaje y adornados. En ríos y fuentes se bañaría la mocedad; en las plazas danzarían los señores, llevando en la diestra una caña, en la siniestra una cazuela de fríjoles y maíz cocido; la plebe, de puerta en puerta, mendigaría el mismo plato, la abundancia que el agua produce y asegura... Y mientras tanto, los dos esclavos, Ichel y Tayasal, diademados de oro y perlas, encollarados de oro con pinjantes de esmeraldas, vestidos de túnicas y mantos delicadísimos de plumas que reverberan como esmalte, perfumados, embriagados por continuas libaciones de zumo de maguey, danzarían entre las aclamaciones delirantes de la multitud, sin notar que el sol caía y que la terrible luna, sedienta de sangre y dolor humano, iba señalando con su majestuoso curso el instante del suplicio. Hasta el género de muerte les era notorio: víctimas civiles, de paz, no les abrirían el pecho con la rajante hoja de obsidiana, para sacarles chorreando y palpitando el corazón; se limitarían a reclinarlos en un hoyo y cubrirlos de tierra.

-la bendecida tierra que produce el maíz y que el agua fecunda. No pasaría más..., y habrían sido dioses, tan dioses como los ídolos que en el escondido santuario oían preces y recibían humo de gomas exquisitas...

Sin embargo, según iba aproximándose el día de la apoteosis, Tayasal se entristecía; tenía momentos de profunda preocupación. Ichel, que cantaba jubilosa, mojando las mazorcas para las frescas tortillas de la cena, solía acercarse a él para preguntarle dulcemente:

-¿Qué tienes, esposo mío? ¿Sientes morir por una nación que no es la nuestra? ¿Te da miedo la fosa que ya cavan al pie del templo de Tlaloc y que nos servirá de último lecho nupcial?

Él fruncía el ceño sin responder. Una noche -faltaban tres para la del sacrificio-, apretando contra su pecho a Ichel, en medio del silencio y la oscuridad, balbució a su oído:

-No quiero que mueras, ni por esta nación ni por ninguna. ¿Entiendes, Ichel? No quiero que echen pellones de tierra sobre tu boca olorosa. Mi alma se ha pegado a ti como la goma al árbol, y te desea como la caña desea la lluvia. No morirás. Escaparemos mañana mismo, antes de que la luna cruel asome su cara blanca. Conozco el camino; soy esforzado; no nos vigilan. Nos amanecerá en la sierra. Tus pies veloces volarán. ¿Has comprendido? ¿Por qué callas? Contesta, contesta.

Ichel tardó en hacerlo. Por fin pronunció despacio:

-Y si nos escapamos, Tayasal, ¿qué ocasión tendremos nunca de ser dioses?

Él se quedó mudo. No se le había ocurrido que, en efecto, fugarse era perder la divinidad...

-Ichel -murmuró al cabo, apasionadamente-, ¿no es mejor renunciar a ser dioses un momento; ser hombre y mujer y vivir así, así, unidos como ahora?

-No, no es mejor -declaró ella-. ¿Sabes por qué no nos vigilan? Porque conocen que nadie renuncia de buen grado, neciamente, a ser dios. Si nos evadimos, si ganamos la libertad y una larga existencia, no creas tampoco que estaremos así siempre... Yo envejeceré; tú ganarás con tu brazo otras esclavas mozas, hábiles en tejer lana y moler grano, y entonces maldeciré mi ánima. Un mes hemos sido esposos. Ahora seamos dioses. Sólo hay en la vida una hora en que poder serlo; ¡esa hora es corta y no vuelve nunca! Duérmete, Tayasal, mi colibrí. No pienses en fugas... Duerme.

Y Tayasal se durmió: la de los pies veloces sonreía triunfante. Un orgullo delicioso agitaba su pecho de niña.

Al alba del tercer día, cánticos y gritos despertaron a los dos amantes, que se habían olvidado en absoluto de la muerte. Sobre la linda escultura del cuerpo de Ichel, semejante a esbelto idolillo de oro, y frotado de aromas y copal por los sacerdotes, cayeron las galas y preseas de la diosa del agua. Para colgarle el bezote de cristal de roca hubo que perforar a Ichel el labio. Estoica, no se quejó siquiera. Se sentía divina.

A su alrededor, el místico vocerío de los fieles comenzaba. Todos ansiaban tocar sus ropas, coger una hoja de haz de cañas que empuñaban, besar la huella de sus pies, robar uno de sus cabellos peinados en pabellones, como los lleva la imagen de la Dispensadora del agua, la excelsa Chalchi. La esclava creía caminar como en sueños, y al son de pitos y clarinetes, de las sonajas de barro y las tamboras de piel, que acompañaban al areyto del agua vencedora, la víctima, infatigable, danzaba, brincaba, giraba en un vértigo, moviendo los veloces pies, entornando los ojos extáticos, hasta el momento en que un sacrificador la empujó, y cayó, al lado de Tayasal, en la zanja profunda. Derramaron sobre los dos cascadas de tierra, que apisonaron reciamente, y el pueblo siguió bailando encima hasta el amanecer.

Desde la aldeíta de Saint-Didier la Sauve, el soñador y dulce Armando se vino derecho a París. Había estudiado para cura antes de que estallara la revolución, interrumpiendo de golpe su carrera y dejándole sin saber a qué dedicarse. El hábito de la lectura y la timidez del carácter, sus manos blancas y la delicadeza de sus gustos, le alejaban del ejército y de la ardiente y furiosa lucha social de aquel período histórico, lo mismo que de los oficios manuales y mecánicos. De buena gana sería preceptor, ayo de unos adolescentes nobles y elegantemente vestidos de terciopelo y encajes... Pero ahora esos adolescentes, con ropa de luto, lloraban en el extranjero a sus familias degolladas, o ni a llorarlas se atrevían, porque no habían podido emigrar a un país donde no fuese peligroso derramar llanto...

Y el caso es que urgía decidirse a emprender un camino, porque los padres de Armando, aldeanos menesterosos, no estaban dispuestos a mantenerle a sus expensas, y el mozo, en su afinación, no acertaba ya a coger la azada ni a guiar el arado. Bocas inútiles no se comprenden entre los labriegos. El que come, que se lo gane. A París con su hatillo al hombro. Una vez allí, ya le acomodaría de escribiente, o de lo que saltase, el ebanista Mauricio Duplay, nacido en aquel rincón y grande amigo del alcalde de Saint-Didier. En la aldehuela se contaba que Mauricio Dupley, no contento con labrarse una fortuna por medio de su trabajo, actualmente era poderoso; mandaba en la capital. ¿Cómo y por qué mandaría? No le importaba eso a Armando. Se sentía indiferente a la política, que tanto agitaba entonces los espíritus.

Los que leen la historia conceden tal vez exclusiva importancia a los hechos de mayor relieve; los que viven esa misma historia, se preocupan más de lo pequeño y cotidiano, la subsistencia, el empleo de las horas del día. Cuando Armando llegó a París, se arrastraba de cansancio y se moría de calor. Preguntando, se dirigió al domicilio de Duplay. Cruzó la puerta cochera, entró en el vasto patio, cuyo fondo ocupaban los talleres de ebanistería, y se detuvo ante el edificio que sobre el patio avanzaba. Allí residía la familia, ocupando un piso bajo y un entresuelo. A derecha e izquierda del pabellón abríanse dos tiendecillas, una de restaurador, otra de joyero, y dos pacíficos viejos, uno calvo, el otro de nevado cabello, se dedicaban a la menuda y afiligranada labor de su oficio. En el fondo del patio se divisaban un diminuto jardín, cuyas matas de rosales, geranios y mosquetas se metían por las ventanas del piso bajo. Una impresión de calma y bienestar se apoderó de Armando, embargándole. Una mujer de edad madura le abrió la puerta, y al oír que preguntaba por el dueño de la casa, le guió a un salón. Armando no se atrevió a entrar; puso un dedo sobre los labios y escuchó atentamente.

La familia Duplay se encontraba reunida allí, y alguien leía en voz alta, con admirable entonación, versos magníficos. El joven estudiante había reconocido el texto: era el tierno pasaje de la despedida, en la Berenice, de Racine:

Pour jamais! Ah seigneur! Songez vous, en vous même,

combien ce mot cruel est affreux quand on aime?

con todas las enamoradas y sentidas razones que la princesa dice al emperador Tito. Un aire dulce balanceaba las ramas de los rosales, todavía en flor: su perfume entraba por la ventana abierta. El hombre que leía representaba unos treinta y cinco años, y era mediano de estatura, de bien delineadas facciones, de frente espaciosa, guarnecida de cabellos castaños, de profundo mirar; pulcramente vestido de chupa y casaca, con manguitos y corbata de fina muselina orlada de encaje. Al leer, sus ojos se fijaban en una de las muchachas encantadoras que, agrupadas formando círculo alrededor de su padre, la esposa de Duplay, acababan de soltar la aguja de hacer tapicería, y con las pupilas nubladas de lágrimas escuchaban los divinos alejandrinos del poeta. Armando, permanecía en el umbral, extasiado, sin respirar siquiera, por no hacer el menor ruido, esperando a que el lector terminase la escena con aquella invectiva tan propia de mujer apasionada: "¡Ingrato, si antes de morir por tu culpa quiero buscar y dejar un vengador detrás de mí, en tu corazón mismo he de encontrarlo!"

El llanto de las lindas niñas, al llegar a este pasaje, corrió ya suelto por las mejillas frescas, mezclado con la sonrisa de felicitación al que declamaba con tanta alma y tanta maestría. Sólo entonces se resolvió Armando a avanzar, arrebatado de entusiasmo poético: él también llevaba en los párpados la humedad de las emociones bellas, ese efusivo enternecimiento que produce el arte.

Sin explicación alguna se acercó al lector y le elogió calurosamente, estrechándole la mano. Nadie mostró extrañeza al verle. Le señalaron un sillón de caoba tallada y rojo terciopelo de Utrecht, y al explicar que era el recomendado del alcalde de Saint-Didier la Sauve, la mujer de Duplay le alargó la mano.

-Mi marido no está en casa en este momento, ni quizá vuelva hoy, pero conozco su manera de pensar. ¡Nos hallamos tan identificados! Sé bien venido, ciudadano, estás entre amigos. Isabel, mi hija menor, te preparará una habitación arriba, y mientras no encuentres modo de ganar tu pan, te sentarás a nuestra mesa. ¿No te parece, Maximiliano? -añadió la excelente señora, volviéndose hacia el lector.

Este aprobó, inclinando la cabeza con un gesto serio y cortés, lleno de buena voluntad. Armando sintió que el corazón se le dilataba de alegría. Un calor simpático, la hospitalidad, la bondad, le salían al encuentro.

-Gracias, señorita -murmuró dirigiéndose a Isabel, que, al salir para alojarle, le sonreía de una manera afable y picaresca. Corrigiéndose al punto, añadió:

-Gracias, ciudadana...

Los presentes rieron la rectificación. Otra de las muchachas encendió las bujías de los candelabros; la estancia aparecía como en fiesta, saludando al nuevo huésped.

-¡A cenar! -ordenó luego el ama de casa.

Se dirigieron al comedor. Armando, extenuado por la caminata a pie y en diligencia, hambriento con el hambre sana de los veintidós años, encontró deliciosa la colación, sazonada por la franqueza y sencillez de los comensales. La inflada tortilla, el pastel, las frutas, supiéronle a gloria. Habló poco, pero discretamente, y el lector, sentado a la derecha de la esposa de Duplay, sostuvo la conversación interrogándole sobre arte y literatura.

-Pronto -dijo con benignidad- te mostraré las pinturas de Gerard y de Prudhon. Verás cómo el pincel eclipsa a la naturaleza...

Acostóse Armando tan contento, tan embriagado de ventura, que ni dormir conseguía. Aquella familia ideal, aquel interior afectuoso, cordial, artístico, en que se rendía culto a la amistad y a la belleza; aquellas criaturas gentiles que le acogían como hermano... Todo ello sobrepujaba a lo que pudo haber soñado nunca.

Cuando concilió el sueño, fue un dormir el suyo a la vez ligero y febril, en que el cerebro repasaba las escenas de la víspera, mejorándolas aún. Se veía a sí mismo en un valle florido de rosas, cogiendo de la mano a Isabel, guiado por ella y por el lector hacia un templete de mármol, donde un ara revestida de hiedra sostenía a un cupido riente, que aproximaba dos antorchas para confundir su llama...

Un estrépito en la calle le despertó con sobresalto. Era día claro. Saltó del lecho, abrió la ventana y se puso de bruces en ella. Le inmovilizó el horror.

La faz de una cabeza cortada, lívida, que llevaban en el hierro de una pica, había venido casi a tropezar con la cara de Armando. Negra sangre destilaba el cuello; algunas moscas revoloteaban, porfiadas, alrededor del despojo. Y el grupo, deteniéndose bajo la ventana, rompió en vítores.

-¡Viva Robespierre! ¡Viva Maximiliano, viva!

Armando retrocedió, casi tan pálido como la faz de la cabeza cortada... ¡Acababa de comprender quién era el lector de Racine, el hombre sensible... el amigo, el inteligente comensal!...

Tambaleándose, retrocedió y se dejó caer, medio desmayado, sobre la cama, caliente aún. A la media hora, recobrando alguna fuerza, capaz de pensar, recogió su hatillo pobre y salió huyendo de aquella casa maldita. Fue suerte para él; de otra manera, le hubiesen descabezado también en Termidor.

Mi profesora de francés era una viejecita con espejuelos de aro reluciente, "falla" de encaje negro decorado por lazos de cinta amaranto, bucles grises a lo reina Amelia y manos secas y finas, prisioneras en mitones que ella misma calcetaba. Sus ojos, de un azul desteñido por la edad, se encandilaban al recuerdo de la juventud, y sus labios rosa-muerto sonreían enigmáticos, al entreabrirse, sin soltar los secretos del ayer.

Su apellido, Ives de l'Escale, olía a buena nobleza de provincia; sus ideas no desmentían el apellido; legitimista acérrima, usaba, pendiente de una cadenita sutil, una medalla conmemorativa, la efigie del Delfín preso en el Temple, y que ella no creía muerto allí, sino evadido. De este misterio histórico, acerca del cual le hice mil preguntas, no quería decir nada: movía la cabeza; una compunción religiosa solemnizaba su semblante; un ligero carmín teñía sus mejillas chupadas; pero lo único que pude arrancar a su reserva fue un dicho propio para avivar la curiosidad:

-¡Ah! Eso, quien lo sabía bien era aquel que vivió por otro.

Como transacción, pues yo la acosaba, se resignó a explicarme de qué manera se puede vivir por otro. En cuanto al enigma del Delfín, tuve que resignarme a estudiarlo años después, en libros y revistas, cuando ya la anciana francesa se convertía en ceniza dentro de su olvidada sepultura.

-No le llamaremos sino Jacobo; omitamos su apellido -me había dicho exagerando la reserva, en ella característica-. Jacobo era el onceno de los catorce hijos de unos señores linajudos y escasos de dinero. Su tío y padrino ejercía en París la profesión de maestro de baile, y era hombre de porte elegante y escogidas maneras. ¡Qué tiempos aquellos tan hermosos! Hoy no se aprenden modales finos. Hoy las señoritas levantan el brazo más arriba de la cabeza y no saben hacer una reverencia ni ante Nuestro Señor sacramentado... En suma, el padrino de Jacobo contaba, entre sus alumnos, a todos los niños del arrabal de San Germán, al primer Delfín y a madame Royale. Jacobo era ágil, distinguido y guapo. Su padrino le enseñó el baile y le presentó a la nobleza y a la corte. A los trece años, Jacobo danzaba, una vez por semana, con la hija de cien reyes. Todos sabían que el nuevo profesor de baile era un caballero, aunque pobre, muy emparentado y con auténticos pergaminos. Caminaba hacia una posición, cuando la suerte ajena que había empezado a encumbrarle, se torció y le cerró el porvenir. Su padrino murió repentinamente.

No sabiendo qué hacer de sí, y teniendo alma de verdadero aristócrata, sentó plaza. En el ejército del Rin, su valentía le hizo notorio. Se batía con la misma gracia con que bailaba el minué en las Tullerías.

Después de la toma de Worms, el general Custine le nombró su ayudante de órdenes, distinción no pequeña, dada la severidad de aquel héroe, que no estimaba sino el valor tranquilo y frío. Jacobo se sentía atraído hacia Custine; atraído singularmente, como por fuerza de sortilegio. No hubiese querido obedecer a otro caudillo. Comprendía quizá, o lo sentía sin comprenderlo, que al destino del general estaba ligado su destino propio.

Poco tardó Custine, el héroe sereno, en hacerse sospechoso a la Revolución triunfante. Entonces, descollar y ser leal era jugarse la cabeza. A pretexto de un descuido en defender una plaza, Custine fue enjuiciado y sentenciado a morir. Los mismos jueces, el mismo día, condenaron al ayudante a igual pena. Cuando salían del tribunal en carreta para volver a la prisión, antesala del patíbulo,

Jacobo pensaba en su suerte, sometida a la de otro. Ningún delito podía imputársele: iba a ser guillotinado por ayudante de Custine solamente.

Una tristeza horrible le embargó ante el pensamiento de su inútil y oscuro sacrificio. Era la hora del anochecer: plomizas nubes ensombrecían el horizonte y las exhalaciones lo alumbraban un momento con lividez aterradora. Un gentío hirviente se agolpaba alrededor de las carretas, que marchaban muy despacio. Había mareas, y la multitud se apelotonaba, clamorosa.

A media distancia de la prisión, un tropel separó a la primera carreta de la segunda, en la cual iba Jacobo entre dos guardias municipales. La primera siguió andando; alrededor de la segunda se arremolinó denso núcleo de hombres. Hubo tumulto, se cruzaron injurias entre la escolta y el pueblo; dos enormes carros cargados de heno se plantaron ante la carreta; el más cercano volcó adrede. Jacobo comprendió.

Al ver que, de sus guardias uno se bajaba para ayudar a poner orden, dio al que quedaba un puñetazo tremendo en los ojos. No llevaba las manos atadas; al fin era oficial del ejército del Rin. Y acordándose de las danzas y los minuetos, saltó con ligero pie y se coló entre la muchedumbre alborotada, que pugnaba y se empujaba medio a oscuras. Apenas se hubo alejado diez pasos de la carreta, una mano desconocida cubrió sus hombros con un capote; otra mano, de mujer, asió la suya, le arrastró, y una puerta entreabierta le dio paso y se cerró tras él, sigilosa. La casa tenía dos puertas: a la media hora, Jacobo se encontraba completamente a salvo. A la mañana siguiente, un frío mortal heló su sangre, que milagrosamente conservaba en las venas. Porque fue el caso que le trajeron un periódico y, leyéndolo, supo que al salvarle se había creído salvar al general, suponiendo que éste iba en la carreta segunda. El periódico lo repetía con feroz regocijo: el complot había sido vano, y la cabeza de Custine cortada al amanecer.

Estuvo Jacobo como atontado varios meses, y además gravemente enfermo. La mujer, cuya mano le había guiado al asilo, le cuidó afectuosa. Era la amada del general, y ella también le tomaba "por otro" sin querer. Se estableció al pronto tierna amistad; después, algo más íntimo, que les horripilaba y les avergonzaba, como una traición a la memoria del muerto. El amor se tragó al escrúpulo y se casaron. Parecían el matrimonio más feliz. Sin embargo, a Jacobo no se le veía sonreír nunca. Un pliegue tenaz arrugaba su frente; un abatimiento sin causa física doblegaba su gallardo cuerpo. Yo -afirmó la anciana profesora, como término de la historia extraña que me refería-, yo, a título de amiga de la mujer de Jacobo, entré mucho en aquella casa, recibí confidencias y recogí suspiros de almas cerradas ante todos, que conmigo solamente se atrevían a respirar. La esposa, deshecha en lágrimas, me decía:

-¿No sabes la tema en que ha dado mi marido? Asegura que "es otro"; que a pesar de las apariencias, él nunca ha sido Jacobo de...

-¡Cuidado! ¡Va usted a enterarme del apellido! -exclamé involuntariamente.

-¡Ay! ¡Eso no! -y la profesora se detuvo, asustada de ser tan indiscreta-. ¡Eso no! Porque hablo de personas que existieron, y cuanto he referido es verdad histórica.

Jacobo murió de pasión de ánimo; su esposa le siguió al sepulcro, minada por una languidez profunda. Al cabo se le había pegado la manía de su marido, y sostenía que Jacobo era el propio Custine. En la hora anterior a su agonía, encargó que se hiciese al héroe Custine suntuoso mausoleo... y que allí la depositasen a ella también. Jacobo siempre fue "otro" ¡hasta ante el amor!...

LA MADRINA

Al nacer el segundón -desmirriado, casi sin alientos- el padre le miró con rabia, pues soñaba una serie de robustos varones, y al exclamar la madre -ilusa como todas-: "Hay que buscarle madrina", el padre refunfuñó:

-¡Madrina! ¡Madrina! La muerte será..., ¡porque si éste pelecha!

Con la idea de que no era vividero el crío, dejó el padre llegar el día del bautizo sin prevenir mujer que le tuviese en la pila. En casos tales trae buena suerte invitar a la primera que pasa. Así hicieron, cuando al anochecer de un día de diciembre se dirigían a la iglesia parroquial. Atravesada en el camino, que la escarcha endurecía, vieron a una dama alta, flaca, velada, vestida de negro. La enlutada miraba fijamente, con singular interés, al recién, dormido y arrebujado en bayetes y pieles. A la pregunta de si quería ser madrina, la dama respondió con un ademán de aquiescencia. Despertóse en la iglesia la criatura y rompió a llorar; pero apenas le tomó en brazos su futura madrina, la carita amarillenta adquirió expresión de calma, y el niño se durmió, y dormido recibió en la chola el agua fría y en los labios la amarga sal.

En las cocinas del castillo se murmuró largamente, al amor de la lumbre, de aquel bautizo y aquella madrina, que al salir de la iglesia había desaparecido cual por arte de encantamiento. Un cuchicheo medroso corría como un soplo del otro mundo, hacía estremecerse el huso en manos de las mozas hilanderas, temblar la papada en las dueñas bajo la toca y fruncirse las hirsutas cejas de los escuderos, que sentenciaban:

-No puede parar en bien caso que empieza en brujería.

El segundón, entre tanto, se desarrollaba trabajosamente. Enfermedades tan graves le asaltaron, que tuvo dos veces encargado el ataúd, y siempre, al parecer iniciarse el estertor de la agonía, verificábase una especie de resurrección: el niño se incorporaba, se pasaba la mano por los ojos, sonreía y con ansia infinita pedía de comer...

-Siete vidas tiene como los gatos -decía la dueña Marimiño a Fernán el escudero-. ¡Embrujado está, y no muere así le despeñen de la torre más alta!

Este dicho se recordó con espanto pocos días después. Jugando el segundón con el mayor en la plataforma de la torre, lucharon en chanza, se acercaron a la barbacana, y colándose por una brecha, cayeron de aquella formidable altura. Del mayor, don Félix, se recogió una masa sanguinolenta e informe. El otro, don Beltrán, detenido por un reborde de la cornisa y unas matas que lo mullían algún tanto, pudo sostenerse, agarrarse a la muralla y trepar hasta la plataforma otra vez. Con asombro supersticioso refirió el lance Fernán, ocular testigo; y en las veladas del invierno, los servidores evocaron la temerosa figura de la enlutada madrina. Sólo ella podía haber dispuesto los sucesos del modo más favorable a su ahijado. Ya no ingresaría Beltrán en un monasterio; suyos eran casa y estados; de segundón pasaba a heredero universal.

Entonces se pensó en instruirle para las fatigas de la guerra. Endeble como seguía siendo, hubo de ejercitarse en las armas. Salió pendenciero, amigo de gazaperas, retos, cuchilladas, y su débil brazo hacía saltar la espada de la muñeca de los mejores reñidores, y en las funciones militares libraba sin un rasguño, a pesar de alardes de valor temerario. Mirábanle ya con aprensión los demás señores, con mezcla de veneración y terror el vulgo. Un suceso casual dio mayor pábulo a las hablillas.

Andaba perdidamente enamorado don Beltrán de doña Estrella de Guevara, viuda principal cuanto hermosa, codiciada de todos. Ella prefería a un Moncada, el duque de San Juan, y con éste dispuso casarse. En vísperas de la boda, estando el duque solazándose a orillas del río Jarama con su prometida y muchos amigos, salió un toro bravo, arremetióle y le paró tan mal, que al otro día era difunto. Llovía sobre mojado. Se alzó imponente la voz de que danzaba brujería en los asuntos de don Beltrán, y el Santo Oficio hubo de resolver mezclarse en lo que traía alborotada a la villa y corte, inspirando peregrinas fábulas. Como que se llegaba hasta la afirmación de que el toro no era toro, sino un fantástico dragón que espiraba lumbre, y en el cuerpo del mísero duque las señales parecían, no de cornadas, sino de garras candentes.

Honda marejada se produjo en el Santo Tribunal antes de prender a un noble señor. Ejercía las funciones de inquisidor general el obispo de Oviedo y Plasencia, don Diego Sarmiento de Valladares, caballero por los cuatro costados, y los rigores inquisitoriales no recaían sino sobre gentecilla, mercaderes y tratantes gallegos y portugueses, oscuros alumbrados y judaizantes renegados y bígamos. Una buena traílla de estos mezquinos acababa de ser agarrotada, quemada viva, encarcelada perpetuamente, relajada en estatua, azotada por las calles y embargados los bienes que no tenían, con ocasión del famoso auto de fe a que habían querido asistir Carlos II y las dos reinas, enviando el monarca el primer haz de fajina que alimentase el fuego del brasero. Mas las poderosas familias del duque de San Juan y de doña Estrella de Guevara apretaron tanto, que al fin don Beltrán fue preso y recluido en los calabozos, donde todavía no habían acabado de evaporarse las lágrimas de las infelices penitencias del auto. En las tinieblas de la mazmorra recordó confusamente palabras de su nodriza, insinuaciones de la dueña Mari Nuño, conversaciones reticentes de sus padres, auras de consejas y mentiras que oreaban sus cabellos desde niño. Y con ahínco desesperado, exclamó:

-¡Señora Muerte! ¡Madrina mía! ¡Acúdeme!

Esparcióse por el encierro cárdena claridad, y don Beltrán vio delante a una mujer extraña, medio moza y medio vieja, por un lado engalanada; por otro, desnuda. Su cara se parecía a la de don Beltrán, como que era él mismo, "su muerte propia". Y don Beltrán recordó el dicho de cierto ilustre caballero del hábito de Santiago: "La muerte no la conocéis, y sois vosotros mismos vuestra muerte: tiene la cara de cada uno de vosotros, y todos sois muertes de vosotros mismos".

-¿Qué se te ofrece, ahijado? -preguntó solícita ella.

-¡Salir de esta cárcel! -suplicó don Beltrán.

-No alcanza mi poder a eso. Te he servido bien; me he desviado de ti veinte veces, te he quitado de delante estorbos y te he mullido el camino con tierra de cementerio. Pero mi acción tiene límites, y el amor y el odio son más fuertes que yo. Habrá cárcel por muchos años: los deudos de tu rival han resuelto que te pudras en ella.

Mesándose el cabello, don Beltrán insistió con ardor:

-¿No hay ningún recurso, madrina? Por ahí fuera hace sol, la gente se pasea, brillan los ojos, resuenan músicas festivas, requiebran los galanes, se cruzan estocadas... ¡Y yo aquí, sepultado en una fosa, expuesto a que me saquen con coraza y sambenito! Madrina, tú eres omnipotente, temida y respetada... ¡He sentido tantas veces tu protección terrible! ¿No acertarás a salvarme ahora?

La madrina calló un momento, y luego articuló entre un susurro lento y prolongado como el de los árboles de inmensa copa:

-Sé un remedio para darte libertad. ¿No lo adivinas? Yo saco infaliblemente a los mortales del sitio en que penan, llevándolos conmigo.

Sintió un sutil escalofrío don Beltrán y se tapó los ojos con las manos. Cuando las apartó se halló solo: la madrina había desaparecido. En más de dos años no se atrevió el ahijado a invocarla. Al contrario, a ratos la conjuraba para que no se acercase: temía la tentación de asir aquella mano blanca, lisa, marmórea, y agarrado a ella salir del cautiverio. No llamó a su madrina ni en el día en que, tendiéndole sobre el caballete del potro, le dieron por tres veces el trato de cuerda que hace crujir los huesos, estira los tendones y lleva el dolor hasta las últimas reconditeces de los nervios. Quedó moribundo y le trasladaron a una celda con reja a la calle.

Y una mañana, mirando por la reja, sucedióle que vio pasar a una mujer hermosísima, acompañada de una dueña grave y halduda y de un galán bizarro: la propia doña Estrella de Guevara. Sus crespos cabellos teñidos de rubio veneciano hacían parecer más clara su tez y sus labios más bermejos; vestía de terciopelo verde con pasamanos de oro, y en sus ojos negros como la endrina chispeaba una alegría de vivir insolente y triunfadora.

-¡Madrina! ¡Ven, acude! -gritó con fervor don Beltrán, incorporándose, a pesar del quebrantamiento de sus huesos.

Y apenas hubo llamado sinceramente a su madrina, se cerraron los párpados del caballero, se extinguió el hálito de su pecho, cayó sobre la fementida cama, una mano glacial cogió la suya, y don Beltrán salió de la prisión, libre y feliz.

Así como es misteriosa la vena en el juego, lo es la vena en amor. Los seductores no reúnen infaliblemente dotes que expliquen su buena sombra. Siempre que dice la voz pública: "Ese tiene con las mujeres partido loco", nos preguntamos: ¿Por qué? Y a menudo no damos con la respuesta.

Todavía, en la villa y corte, la guapeza en lances y la destreza en sports; lo escogido de la indumentaria y lo vistoso de la posición social; ese conjunto de circunstancias que rodean a los llamados por excelencia "elegantes", dan la clave de ciertos triunfos. Mas no sucede así en los pueblos, donde los profesionales del galanteo suelen gastar corbatas de raso tramado y puños postizos. Allí, sin embargo -lo mismo que aquí- existen individuos que en opinión general ejercen la fascinación, y padres y maridos los miran de reojo.

Laurencio Deza, entre los veinticinco y los treinta y tres de su edad, fue fascinador reconocido en una ciudad donde faltarán grandes industrias y actividades modernas, pero donde abundan lindos ojos negros, verdes y azules, que desde las ventanas no cesan de mirar hacia la solitaria calle, por si resuena en sus baldosas desgastadas un paso ágil y firme, y por si una cabeza morena se alza como preguntando: ¿Soy costal de paja, niña?

Laurencio ni era feo ni guapo. Tenía, eso sí, gancho, una mirada peculiar, un repertorio de frases variado, y a su alrededor flotaban, prestigiándole, las sombras melancólicas de algunas abandonadas inconsolables y de otras desdeñadas caprichosamente. A la que rondaba, sabía alternarle azúcares con hieles, rabietas de despecho con satisfacciones orgullosas, y por este procedimiento la curtía, zurraba y ablandaba a su gusto, dejándola flexible como piel de fino guante.

Jamás discutía principios de moral. Procedía como si no existiesen. Al oírle hablar con tal soltura y sencillez de enormidades, dijérase que suprimía leyes, respetos humanos y toda valla a sus antojos. Era elocuente en su charla, como lo son tantos españoles, y no carecía de donaire para poner en solfa a quien le placía. No ejercitaba jamás este don contra las mujeres, sino contra los hombres que, momentáneamente, podían estorbarle. No rehuía una cachetina, puesto que en aquella ciudad los lances dramáticos de honor eran casos rarísimos. Los cachetes, cosa quizá más seria, los afrontaba Laurencio con ímpetu juvenil, y también los repartía, si se terciaba.

Al punto de esta verdadera historia, andaba Laurencio, según murmuraban sus amigos, enredado en tres devaneos principales, sin contar los accesorios. Aunque practicase Laurencio esa discreción que el honor más elemental impone a los varones, en los pueblos pequeños todo se sabe, y a falta de otros intereses y emociones, la curiosidad vela. Sin que Laurencio se clarease, los socios del Casino estaban en ello. Tratábase de Cecilita, la hija de Mardura, el del almacén al por mayor de paños, lienzos y cotonías. De Obdulia Encina, mujer del librero de la calle Vieja. Y para broche del ramillete, de la guapetona Rosa la Gallinera, casada con un tratante en averío, Ulpiano Paredes, que empezó por despachar huevos y pollos y ahora lanzábase con brío a establecer negocios más en grande.

Era lo notable del asunto que entre Mardura, Paredes y Encinas existía íntima amistad, y se veían diariamente en la trastienda del librero. Y la consabida vocecilla pública susurraba que la hija de Mardura ya había sido burlada, la mujer de Encina pertenecía quizá al pasado, y sólo Rosa no sufría aún la fascinación. Pero la sufriría, y pronto. No podía augurarse otra cosa de una casquivana como ella.

A la verdad, era irritante lo que sucedía con Rosa. Aquello de presentarse hecha un brazo de mar en el teatro, en el paseo y hasta en los bailes del Casino, a los cuales la directiva tenía la debilidad de invitarla, poniendo la moda y hasta luciendo a veces joyas que no podían ostentar las esposas de los contados aristócratas de la ciudad, daba base y razón suficiente a las críticas. Todos recordaban, o afirmaban recordar, que no es lo mismo, a Rosa con refajo corto y pañuelo de talle, y hasta, según algunos, "en pernetas". ¡Y ahora, con salida de "teatro" de flecos y trajes de seda azul celeste, guarnecido de encaje "crudo"!

Lo más acerbo de la censura iba con el marido. ¿En qué pensaba, al consentir a su mujer ese lujo escandaloso? Lo "que sucedía" era natural...

Y llegando a preguntar lo "que sucedía", es el caso que nadie pudiera decirlo. Lo único positivo, que la Gallinera se presentaba de un modo inadecuado a su categoría social. El runrún, sin embargo, iba en aumento.

A pesar de la amistad que unía a su padre y esposo con Paredes, Cecilia Mardura y Obdulia Encina mordían a Rosa, soltando insinuaciones en los círculos de la devoción y de la clase media comercial, con una inquina en que se mezclaban los rencores celosos y el despecho de la ropa anticuada y modesta que vestían ambas, mientras la Gallinera, ayer, ayer mismo, había estrenado un sombrero de plumas..., y no de gallina, sino de legítimo avestruz.

Tomó doble incremento el rumor con motivo de una ausencia del marido de Rosa. Era Paredes activísimo en negociar, y creíase que, molestada su mujer por lo humilde, y prosaico de la esfera en que se desarrollaba su industria, deseaba salir de ella, e impulsaba a Paredes nada menos que hacía especulaciones en gran escala, negocios bancarios. Hablábase de emisión de acciones, de capitales dedicados a una fabricación vasta, de papel y serrería. Era voz unánime de la envidia, que se despereza rugiendo cuando alguien mejora de suerte, que por mucho que ascendiera Ulpiano el Gallinero, jamás llegaría a señor, ni perdería su facha ordinaria y tosca, sus manazas peludas, sus orejas coloradas y su faz ruda, en que los dientes sin limpiar, verdosos, infundían repugnancia.

Reíanse los guasones de los esfuerzos que hacía su mujer en las solemnidades para embutirle el corpachón en una levita, y las garras en unos guantes que estallaban y se descosían precipitados, y el pescuezo en un cuello alto que le ahorcaba, hasta agolpar la sangre a su cabeza, cual si fuese a sufrir una apoplejía. No faltaba, sin embargo, quien defendiese a Paredes. Era mozo muy listo, ¡vaya si lo era! En pocos años habíase abierto un porvenir, y desde la esfera social más humilde, llegaría a la más alta. Al Gallinero le verían en coche, en casa de campo, con muchos miles de duros en juego, porque bajo la apariencia zopa, torpona, del tratante, se ocultaba una resolución, una energía y una astucia de primer orden.

Y estas apologías de Paredes las hacían, en especial, Mardura y Encina. Del primero se creía que fuese socio en lo de la fábrica.

-Pero ¡si es un bruto Paredes! -decíanle al librero con retintín.

-No sé por qué ha de ser un bruto... Brutos y tontos, los que nunca pasamos de pobres.

"Es bruto cuando no ve lo de su mujer...", iba a contestar el murmurador de Casino; pero, advertido por un guiño expresivo de alguien, se limitó a decir, con diplomática reserva:

-Porque puede que ande a oscuras en lo que más le importe...

-Nadie anda a oscuras... -murmuró Encina, fosco y bilioso, clavando la quijada en el pecho-. La gente sufre a veces por prudencia..., hasta que un día u otro...

Sobre esta conversación hiciéronse infinitos comentarios. En el aire parecía flotar el drama. Algo ruidoso se preparaba, sí. La hermosa Gallinera, sola en aquel caserón viejo y enorme, en cuyo patio se recriaban las gallinas, y que tenía varias salidas y entradas: unas, al campo; otras, a callejas extraviadas y angostas, por donde no pasaba alma viviente... "Lo que es como a Rosa se le antojase..., sabe Dios, sabe Dios...", repetían los fantaseadores con sonrisa picaresca.

Ocurría esto en mitad del invierno, con una temperatura rigurosa, caso no muy frecuente en aquella ciudad, donde, si llueve a cántaros, rara vez desciende demasiado el termómetro. Y, por obra del frío, las capas treparon a envolver los rostros, igualando las figuras de los transeúntes. La capa, amplia y con embozos de felpa, subida hasta los ojos, que sepulta en sombra el ala del hongo blando, es como un disfraz protector de secretas aventuras. A Laurencio, que poseía otros abrigos, se le desarrolló en aquellos días desmedida afición a la capa; pero nadie hizo alto en ello, porque todos los moradores de la ciudad salían igualmente rebozados en los pliegues de sus pañosas.

Al par que sintió Laurencio decidida simpatía por la capa, se dedicó más que nunca a vagar por desviados y solitarios callejones. En sus correrías, le extrañó algo observar que varias noches, dos o tres bultos no menos embozados parecían coincidir en su itinerario, y que, si desaparecía a veces como por arte de magia, desvaneciéndose tras un soportal o en una rinconada sombría, otra cruzaban a lo lejos, sin que pudiese adivinar ni su edad, ni su condición social, pues la española capa, recatadora de rostros y talles, no es prenda exclusiva de gente acomodada, y el pobre artesano en ella se cobija. No obstante la impavidez del fascinador, los bultos habían llegado a inquietarle un poquillo, más por instinto que razonablemente. Laurencio era, como todos los fascinadores, un instintivo. Algo indefinible le escalofriaba.

Sin embargo, al llegar cada anochecer, después de mil revueltas, al pie de la ventana baja de Rosa la Gallinera, insistía en la súplica: "¿Cuándo se abriría, en vez de la ventana, la puerta, la que caía al campo? ¿Cuándo, en vez de palabritas insulsas, podrían entrelazar pláticas íntimas y dulces? El tiempo corría, volaba, y cuando menos se pensase, sería imposible, por lo que no ignoraba Rosa..., porque regresaría el ausente... Y ella reía, coqueteaba, se resistía... Estas resistencias, sin embargo, tienen término previsto; y una noche...

¡Oh noche, protectora de este y de tantos delitos, ya confitados en poesía, ya descarnados como la realidad! Se dijo Laurencio, que empezaba a encontrar larga la espera, y, airosamente embozado, dio la vuelta al caserón y acercóse, como quien conoce perfectamente la topografía de los lugares, a una portezuela que salía al agro, y lindaba con un caminejo, de tierra generalmente fangosa, y ahora endurecida por la escarcha.

La luna, embozada ella también en aborregados nubarrones, alzó el velo, como fascinada a su vez, y dentro rechinó una llave y una voz de mujer, sofocada por alguna emoción intensa, profirió:

-Pase..., pase...

Hizo Laurencio lo propio que la luna, y se desembozó, para asir la ya ansiada presa... En el espacio de un segundo pudo ver que estaba en el patio de la gallinería, cerca de un alpendre o cobertizo, lleno de masas confusas de plumaje. Guardábase allí las plumas de las aves que Ulpiano, agenciador en todo, vendía desplumadas, sacando provecho del despojo, que le compraban para colchones. No supo jamás decir Laurencio por qué se fijó en aquel detalle, mientras echaba al cuello de Rosa ambos brazos. No llegaron a ceñirlo: dos hombres los asieron y los sujetaron, mientras otro descargaba el primer golpe en mitad del rostro. Y a éste, que hizo fluir de las narices copia de sangre, siguieron dos o tres más; de puños como mandarrias, en la boca, en la sien, que le tendieron desvanecido. Rosa inmóvil, presenciaba la escena, sin demostrar sorpresa; su actitud era de espectadora, aunque, a la claridad lunar, parecía de pálido mármol su cara. El esposo se restregó las manos con que

acababa de infligir la feroz corrección, y ordenó:

-A casa, ahora mismo.

Retiróse Rosa, cabizbaja, volviendo, mal de su grado, la vista atrás, y los tres hombres, los tres vengadores -el librero, el almacenista, el gallinero-, procedieron a desnudar al desmayado. Cuando le hubieron dejado en cueros vivos, sólo con las botas, la frialdad del aire lo reanimó. Miró a su alrededor, espantado, y quiso alzarse, defenderse. Una lluvia de puntapiés y mojicones, sobre las carnes sin ropa, sobre el torso que el frío mordía, le aturdió de nuevo. Sus enemigos, riendo, trajeron del alpendre una orza descacharrada, en cuyo fondo dormitaba espeso líquido. Con una brocha enorme, pintaron a grandes brochazos el cuerpo inerte, untándolo de miel mezclada con pez. Y hecho esto, tomaron al fascinador, uno por los pies y dos por los sobacos, y llevándole bajo el cobertizo, le revolcaron en la pluma, hasta que lo emplumaron todo, de alto abajo. Y como en los movimientos de tal operación, segunda vez pareciese revivir, le empujaron hacia la puerta y le lanzaron a la calle en su extraño atavío, hecho una bola de plumaje, cerrando la puerta de la corraliza con llave y cerrojo.

-Ahora -ordenó Paredes, natural director de la empresa-, vamos a tomarnos un café caliente y unas copas... ¡Hace un frío de mil diablos!

Tambaleándose, Laurencio tardó en darse a la fuga breves momentos. Hasta pensó llamar, gritar... Al fin, corrió, sin más propósito que el de verse a cien leguas y refugiarse en una cama, donde se aliviasen sus magulladuras... Fluía sangre de sus labios rotos, con dos dientes perdidos... Como sabemos, lo único que no le habían quitado eran las botas, y volaba, loco de terror aún, hacia las calles céntricas, hacia su posada, próxima a la catedral. Y he aquí que oyó risas, exclamaciones; dos transeúntes se habían fijado en su facha; un guardia le detenía severamente, amenazándole. Un grupo se reunía; las carcajadas le abofetearon; acudía gente de las bocacalles; se abrió un balcón iluminado.

-¡Vaya un pajarraco! -repetían-. ¡Buena gallina para el puchero! ¡Mira: tiene alas! ¡Hu, hu, el pajarraco!

Trémulo de frío, de vergüenza y de coraje, Laurencio imploraba:

-¡Señores...! ¡Una capa para cubrirme...! ¡Soy inocente; no me lleven a la cárcel!... ¡Que me desemplumen!

Salvado por el guardia de la rechifla y la agresión, al otro día del ridículo incidente, Laurencio estaba en la cama con fiebre; y en la cama permaneció un mes, dolorido, hecho un guiñapo. Antes de levantarse, solicitaba permuta de destino, y su primera salida la hizo furtivamente, para abandonar la ciudad testigo de su derrota.

Lo peor de su castigo fue que el mote de pajarraco le siguió ya a todas partes. La noticia iba con él, y el ridículo lo llevaba en su maleta, como llevaba Byron el esplín. Aumentaba su ignominia el que se dijese que Rosa, de acuerdo con su marido, había preparado la emboscada y sugerido la burla. Laurencio tenía impulsos de embarcarse para América o suicidarse. Al cabo, halló otro refugio, otro género de muerte. ¡Pecho al agua! Se casó...

La expedición había sido fatigosa, a pie, por abruptas sendas y trochas de montañas; y después de despachar el almuerzo fiambre, sentados en las musgosas piedras del recinto fortificado, a la sombra de la desmantelada torre feudal, los expedicionarios experimentamos una laxitud beatífica, que se tradujo en sueños. Los únicos menos amodorrados éramos el arqueólogo y yo; él, porque le atraía y despabilaba la exploración minuciosa de aquellas piedras venerables, yo, porque me encendía la imaginación y me producían otros sueños muy diferentes del fisiólogo. En vez de reclinarnos al fresco, a orillas de una espesura de laureles, nos metimos como pudimos en el torreón, trepamos por sus piedras desiguales y desquiciadas ya, hasta la altura de una encantadora ventana con parteluz, guarnecido de poyales para sentarse, y desde la cual se dominaban el valle y las sierras portuguesas, azul anfiteatro, límite de la romántica perspectiva.

Conocía yo la leyenda de la torre de Diamonde, tal cual la refieren las pastoras que lindan sus vacas en los prados del contorno, y los viñadores que cavan y vendimian las vides del antiguo condado; pero tuve la mala idea de preguntar al arqueólogo si leyenda semejante está en algún punto de acuerdo con la verosimilitud y la historia. Él meditó, se atusó la barba grisácea, y he aquí lo que me dijo, después de arrugar el entrecejo y pasear la vista una vez más por las derruidas paredes, cinco veces seculares:

-Cuando nos representamos la vida de los señores feudales de aquella época -del siglo catorce al quince, fecha en que se construyeron estos muros-, creemos cándidamente que entonces existían como ahora profundas diferencias entre el modo de vivir de los poderosos y el de los humildes, entre un tendero o un bolsista de nuestros días y un paleto o un albañil, hay una zanja doblemente honda de la que separaba al poderoso señor de Diamonde del último de sus siervos y colonos. Esta torre lo proclamaba a gritos. ¿Qué comodidad, qué existencia siquiera decorosa permitía su estrecho recinto? Y para que los situemos en la realidad (la realidad de aquellas épocas que sólo vemos al través de la poesía), es preciso convenir en que el género de vida que en Diamonde se llevaba, y no pasiones vehementísimas, que no abundaban entonces ni ahora abundan, fue el verdadero origen del drama que dio base a la leyenda. Con afirmar esto, destruiré muchos romanticismos; pero si pudiésemos hoy

reconstruir la existencia de entonces, con documentos y observaciones auténticas, veríase que el hombre y la mujer han sido iguales siempre...

La esposa de Payo de Diamonde, la alegre Mafalda, dama portuguesa de las márgenes del Miño, se consumía de tedio entre estas cuatro paredes. Vestida de la grosera lana que hilaban y urdían sus siervas; alimentada con pan de maíz, leche y carne asada; reducida, por toda distracción, a escuchar los cuentos de dos o tres viejas sabidoras que concurrían a las veladas de la cocina señorial; con el marido casi siempre ausente, divertido en la caza o en escaramuzas fronterizas, y cansado y rendido de fatiga al volver, la portuguesita, amiga de jarana y fiesta, iba perdiendo los colores de su tez trigueña y el brillo de sus ojos color de castaña madura. En aquel tiempo, como ahora, la mujer que se aburre está predispuesta a emprenderlo todo, con tal de espantar la mosca tenaz, negruzca y zumbadora del fastidio.

Un domingo por la tarde, Payo Diamonde anunció a su mujer que salía a talar ciertos campos y a quemar dos o tres casas de portugueses, y que entre ambas ocupaciones no dejaría de cazar lo que saltase. Hasta el sábado por la tarde, Mafalda quedaba sola. Suspiró, recogió sus haldas y bajó del castillo a la primera explanada de tierra, a ver alejarse la hueste de su señor. Cuando la última lanza desapareció detrás de la fraga espesa, la castellana, resignadamente, iba a volverse al hogar, donde se entregaría al bostezo; pero en el ángulo de la calzada pedregosa (¿ve usted?: ahí mismo), he aquí que le sale al encuentro un hombre, una especie de vagabundo, con un pesado fardo a las espaldas. Era joven, alto, ágil, nervudo, y su hendida barba roja y sus labios sensuales, rientes, daban a su rostro una expresión provocativa y cruel. Con palabras suplicantes pidió albergue aquella noche no más en la torre de Diamonde, y ofreció enseñar su mercancía -telas, pieles, collares, amuletos, aguas y botes de olor-. Tranquilizada, Mafalda batió palmas ante el anuncio. ¡Qué de tentaciones gustosas!

En esta cámara, que era la de Mafalda, cerca de la ventana donde nos sentamos ahora, el buhonero deslió su fardo y mostró a la dama el tesoro. Traía piezas de seda de Monforte, pieles curtidas de marta, de Orense, casi tan hermosas y suaves como las cebellinas, lienzos finísimos de Padrón, encajes labrados por las pálidas encajeras que esperan a sus esposos a las puertas de las casas, en los pueblecitos pescadores, Portonovo y Sangenjo. Traía asimismo redomas y frascos de perfumes, jazmín y algalia, gorguerines de ámbar y sartas de perlas; y la castellana de Diamonde, ávidamente, lo compró todo, porque su marido había dejado buen golpe de doblas de oro en el cofre de la cámara nupcial.

El vagabundo, durante la velada, refirió historias interesantes. Venía de todos los castillos; de recorrer las Asturias, el reino de León, Zamora y Portugal, y traía en su repertorio anécdotas, escándalos, sainetes, tragedias, cuentos de amoríos sorprendidos por él o averiguados en las cocinas de las mansiones señoriales. Después cantó canciones, decires de trovadores, tañendo una vihuelilla; y Mafalda, al despedirse para acostarse, mostraba encendidos los vivos colores de su tez trigueña y el resplandor de sus ojos castaños, como conviene a mujer moza, de veinticinco a lo sumo, en la flor y lozanía de la edad en que se anhela gozar y vivir. Y al día siguiente no se partió del castillo el vagabundo, ni en toda la semana tampoco. Pasábase las horas sentado cerca de Mafalda, narrando historietas italianas, generalmente lascivas, y, cuando agotaba su respuesta, enseñaba a las criadas y mezquinas de Diamonde a aderezar bebidas dulces y manjares sazonados con especias que formaban parte de su ambulante comercio. Otras veces dirigía el tocado de la castellana, a la cual explicaba las modas y refinamientos que usaban las damas de la reina en la corte de Castilla.

Él enredaba artificiosamente las perlas, a estilo morisco, entre las trenzas de Mafalda, y él le calzaba los brodequines puntiagudos, última novedad venida a España de la lejana y elegante corte borgoñona. Y Mafalda, embelesada, sorprendida a cada hora con un nuevo capricho, con una nueva distracción, no hizo la menor resistencia cuando una noche el aventurero la atrajo hacia sí, y cubrió de besos candentes la cara morena, y los párpados sedosos, y la garganta tornátil. ¿Pasión? ¡No! Mafalda no sentía esa soñadora fiebre, acaso más moderna que medieval. Lo que experimentaba era el transporte del que sacude las telarañas grises del fastidio, de los vapores tétricos, y entra en una zona de sol, de alborozo y sorpresa continua de los sentidos golosos... También en fablas y hechos de amoríos era más ducho el errante mercader que el rudo castellano de Diamonde, y también supo revelar a Mafalda lo que púdicamente había ignorado...

Naturalmente, al fin de la semana, Payo Diamonde regresó, cansado y polvoriento, harto de quemar cosechas ajenas y de matar inocentes alimañas salvajinas. Por limitadas que fuesen sus facultades de observador, la presencia del juglar-mercader y su intimidad con Mafalda le saltaron a los ojos. Acaso hubo un delator que se los abrió de golpe. La torre es demasiado chica para esconder secretos. Pero el buhonero estaba alerta; y la historia nos enseña que, por entonces, solían ser estos vagabundos quienes, de corte en corte, llevaban misiones extrañas, encargos de reyes deseosos de deshacerse de otros monarcas o príncipes, y entre sus frascos, no todos eran de perfumes...

Una mañana, el señor de Diamonde amaneció rígido, muerto en su lecho, denegrido y cubierto de lívidas señales; de este castillo desaparecieron, llevándose las doblas de oro del arca, Mafalda la portuguesa y el aventurero envenenador...

Y ahí tiene usted -acabó el maldito arqueólogo, sonriendo como un Maquiavelo burlón- la prosaica, aunque melodramática verdad de la leyenda de la torre. Las pastoras dicen que doña Mafalda fue arrebatada por el demonio, que había tomado la figura de un gallardo doncel, y que el alma de la triste castellana, perdida de amores, se asoma de noche a esta ventana misma, exhalando ayes muy semejantes al ululante gemido del viento de la sierra... ¡Ya lo creo! Como que no es el alma la que imita al viento, sino el mismo viento el que remeda el quejido del ánima condenada...

La tarde antes del combate, Bisma, el veterano guerrero, el invencible de luengos brazos, reposa en su tienda. Sobre el ancho Ganges, el sol inscribe rastros bermejos, toques movibles de púrpura. Cuando se borran y la luna asoma apaciblemente, Bisma junta las manos en forma de copa y recita la plegaria de Kali, diosa de la guerra y de la muerte.

"¡Adoración a ti, divinidad del collar de cráneos! ¡Diosa furibunda! ¡Libertadora! ¡La que usa lanza, escudo y cimitarra! ¡A quien le es grata la sangre de los búfalos! ¡Diosa de la risa violenta, de la faz de loba! ¡Adoración a ti!"

Mientras oraba, Bisma creyó escuchar una ardiente respiración y ver unos ojos de brasa, devoradores efectivamente, como de loba hambrienta, que se clavaban en los suyos. Jamás Kali, la Exterminadora, se le había manifestado así; un presentimiento indefinible nubló el corazón del héroe. Casi en el mismo instante, la abertura de la tienda se ensanchó y penetró por ella un hombre: Kunti, el bramán. Silencioso, permaneció de pie ante Bisma, y al preguntarle el longibrazo qué buscaba a tal hora allí, Kunti respondió, espaciando las palabras para que se hincasen bien en la mente:

—Bisma, sé que al rayar el sol lucharéis los dos bandos de la familia, hermanos contra hermanos. Quiero amonestarte. Medita, sujeta las serpientes de tu cólera. ¿Qué importan el poder, los goces, la vida? Son deseos, aspiraciones, ilusiones; el bien consiste en la indiferencia. El sabio, cuando ve, oye, toca y respira, dice para sí: "Es otro, no yo mismo, no mi esencia, quien hace todo esto." El insensato está aherrojado por sus deseos. El autor del mundo no ha creado ni la actividad ni las obras; lo que tiene principio y fin no es digno del sabio. Junta las cejas, iguala la respiración, fija los ojos en el suelo..., y no pienses en pelear contra tu descendencia.

—No es igual el bramán estudioso al chatria batallador —contestó desdeñosamente Bisma—. Para el chatria, no hay manjar tan sabroso como un combate. Para el chatria, la muerte es muy preferible a la deshonra. El varón a quien agradan los quehaceres propios de su casta, ese es varón perfecto. Además, también sé yo, aunque rudo, mi poco de filosofía, y te digo, en verdad, que la muerte no existe. El alma es invulnerable; lo que perece es el cuerpo. El alma es eterna. Si abandona mi cuerpo, pasará a otro nuevo y robusto. ¿Qué matamos? Un despojo, un poco de tierra. Déjame dormir que necesito fuerzas para mañana.

Retiróse Kunti entristecido; había visto (fúnebre presagio) alrededor de Bisma una niebla roja. Pasó la noche meditando, hasta que al amanecer le sobrecogió el alboroto de las caracolas, tambores y trompetas; los ejércitos iban a entrechocarse, a abrazarse con el abrazo formidable de dos tigres en celo. Las falanges ondulaban; cuando se confundió su oleaje, se alzó un estrépito como el del mar en días de tormenta; más alto que aquel eco pavoroso, el clamor de Bisma retando al enemigo hizo temblar hasta a los elefantes portadores de torres repletas de arqueros, cuyas flechas silbaban ya desgarrando el aire.

Bisma abría a su alrededor un círculo; ante su maza, esgrimida por los largos brazos nervudos, el suelo se cubría de carne palpitante; los más resueltos evitaban acercarse allí; se había formado una plaza ambulante, que caminaba con el guerrero, variando de lugar según él avanzaba, más ancha cada vez. Circundando aquel emplazamiento libre, se desarrollaba la lid, y atronaba su ruido formado por sonidos discordes: el clamoreo y trajín de los infantes, el batir del casco de los caballos, el choque de las ferradas porras y el rechinar de los garfios de hierro, el hondo campaneo de los escudos, el tilinteo de las campanillas que adornaban el petral de los elefantes, el gemido de los moribundos, el largo silbo de las encendidas flechas y, algo más espantable aún: el crujido de los cuerpos reventados, aplastados por las patazas elefantinas. Pero donde Bisma jugaba su maza colosal, relativo silencio permitía escuchar las injurias que el enemigo dirige al enemigo en la viril embriaguez de la lucha. Los que habían caído anonadados por un mazazo, sangrando como bueyes, aún respiraban; los afanes inconscientes de la agonía les obligaban a arrastrarse por el suelo, comprimiendo con la mano sus entrañas, que se salían del roto vientre. Y Bisma, orgulloso, se apoyó en la maza y descansó un instante, esperando enemigos de refresco. Entonces vio que Sueta, el gallardo príncipe, avanzaba contra él, solo, desnudo, sin más armas que su lanza.

Por un instante Bisma vaciló entre la inacción y la acción. Aquel guerrero tan hermoso, cuyo torso moreno, escultural, parecía de oro bruñido a los rayos del sol, era un retoño de su propia raíz: era su nieto. Era, además, muy mozo, y todavía las apsaras, que ofrecen la copa del amor a los mortales, no le habían ungido los labios con el licor extraído de las flores. El momento de incertidumbre y de compasión fue brevísimo. Bisma alzó la maza; Sueta arrojó la lanza, a fin de combatir desde lejos y evitar el primer ímpetu de su adversario; Pero Bisma saltó de costado, la lanza se clavó en tierra, y el mazazo, de refilón, tocó al joven en la sien. Bastó para derribarle, redondo, sin sufrimientos, sin herida visible. Quedó como dulcemente dormido, y Bisma, al mirarle a sus pies, soltó la maza; un estupor repentino, una fascinación misteriosa, le obligó a arrodillarse al lado del cadáver de su descendiente y alzarle en sus brazos. ¡Era un guerrero hermoso de veras!

Cuando Bisma dejó caer el inanimado cuerpo y se incorporó, el círculo abierto a su alrededor no existía. La corriente desbordada de la batalla le arrastraba ya. Ni tiempo tuvo de recoger su maza. No le quedaba más defensa que sus luengos brazos. Le envolvía el oleaje, le arrebataba una fuerza desatada como un elemento. Se sintió perdido, ahogado, acribillado, consumido cual arista por el fuego. De lo alto de las torres llovían flechas. La primera se le clavó en un muslo; después, otra en el cuello; dos en el hombro. Con las manos quiso guarecerse; sus manos fueron atravesadas de parte a parte por finísimas lenguas de áspid, de hierro, y las dejó caer, exhalando un rugido de dolor. Descubierto el rostro, en él se hincaron los dardos, y al penetrar uno en la cavidad del ojo izquierdo, Bisma se desplomó exhalando un quejido lúgubre. Cayeron sobre él innumerables contrarios y le destrozaron a porfía con krises, puñales, lanzas cortas, espadas curvas, garfios, piedras aguzadas, hachas de jade: no quedó sitio de su cuerpo que no recibiese herida: ya ni las sentía. Allí quedó expirante el héroe, conservando todavía algún residuo de aliento vital. Aún se estremecía bajo la garra del dolor su carne, cuando, cerrada la noche y extinguido el furor de la batalla, Kunti, el bramán, se atrevió a recorrer el campo buscando al viejo guerrero, y le encontró, y le conoció por sus brazos largos, y se arrodilló a su lado, acercando a sus labios una calabaza llena de agua fresca.

-Voy a morir -articuló Bisma-. Tenías razón, hombre puro y sabio: la guerra es una cosa horrible...; pero el chatria respira con deleite el olor de la sangre. ¡Cuánta a mi alrededor! ¡Cuánta! Arroyos, torrentes, mares... Me ahoga. Dame almohada en que recostar la cabeza para morir.

Kunti trató de acomodar en su regazo, sobre sus rodillas, la desfigurada cabeza, monstruosa. Como viese que Bisma no descansaba así, a una señal expresiva del veterano, recogió del suelo varias agudas flechas, las colocó en haz, y sobre ellas acomodó cuidadosamente la testa, donde la muerte empezaba ya a tender velo sombrío. Bisma sonrió contento, y murmurando: "Adoración a ti, Kali, de la faz de loba", dejó que se desciñese el estrecho abrazo de su cuerpo y su alma.

Los médicos son también confesores. Historias de llanto y vergüenza, casos de conciencia y monstruosidades psicológicas, surgen entre las angustias y ansiedades físicas de las consultas. Los médicos saben por qué, a pesar de todos los recursos de la ciencia, a veces no se cura un padecimiento curable, y cómo un enfermo jamás es igual a otro enfermo, como ningún espíritu es igual a otro. En los interrogatorios desentrañan los antecedentes de familia, y en el descendiente degenerado o moribundo, las culpas del ascendiente, porque la Ciencia, de acuerdo con la Escritura, afirma que la iniquidad de los padres será visitada en los hijos hasta la tercera y cuarta generaciones.

Habituado estaba el doctor Tarfe a recoger estas confidencias, y hasta las provocaba, pues creía encontrar en ellas indicaciones convenientísimas al mejor ejercicio de su profesión. El conocimiento de la psiquis le auxiliaba para remediar lo corporal; o, por ventura, ese era el pretexto que se daba a sí mismo al satisfacer una curiosidad romántica. Allá en sus mocedades, Tarfe se había creído escritor, y ensayado con desgarbo el cuento, la novela y el artículo. Triple fracasado, restituido a su verdadera vocación, quedaba en él mucho de literatería, y afición a decir misteriosamente a los autores un poco menos desafortunados que él: "¡Yo sí que le puedo ofrecer a usted un bonito asunto nuevo! ¡Si usted supiese que cosas he oído, sentado en mi sillón, ante mi mesa de despacho!"

Días hay en que todo cuentista, el más facundo y más fácil, agradecería que le sugiriesen ese asunto nuevo y bonito. Las nueve décimas partes de las veces, o el asunto no vale un pitoche y pertenece a lo que el arte desdeña, o cae en nuestra fantasía sin abrir en ella surco. Tarfe me refirió, al salir de la Filarmónica y emprender un paseo a pie en dirección al Hipódromo, hacia la vivienda del doctor, cien bocetos de novela, quizá sugestivos, aunque no me lo pareciesen a mí. Una tarde muy larga, muy neblirrosada, de fin de primavera, me anunció algo "rarísimo". La expresión de cortés incredulidad de mi cara debió de picarle, porque exclamó, después de respirar gozosamente el aire embalsamado por la florescencia de las acacias:

-Estoy por no contárselo a usted.

Insistí, ya algo intrigado, y Tarfe, que rabiaba por colocar su historia, deteniéndose de trecho en trecho (costumbre de los que hablan apasionadamente), me enteró del caso.

-Se trata -dijo- de un chico de unos trece años, que su madre me llevó a consulta especial detenidísima. Desde el primer momento, la madre y el hijo fijaron mi atención. El estado del muchacho era singular: su cuerpo, normalmente constituido y desarrollado; su cabeza, más bien hermosa, no presentaba señales de enfermedad alguna; no pude diagnosticar parálisis, atrofia ni degeneración, y, sin embargo, faltaba en el conjunto de su sistema nervioso fuerza y vida. Próximo a la crisis de la pubertad, comprendí que al no adquirir su organismo el vigor y tono de que carecía, era imposible que la soportase. Sus ojos semejaban vidrios; su tez fina, de chiquillo, se ranciaba ya con tonos de cera; sus labios no ofrecían rosas, sino violetas pálidas, y sus manos y su piel estaban frías con exceso; al tocarle me pareció tocar un mármol. La madre, que debe de haber sido una belleza, y viste de luto, tiene ahora eso que se llama "cara de Dolorosa", pero de Dolorosa espantada, más aún que triste, porque es el espanto, el terror profundo, vago y sin límites, lo que expresan su semblante tan perfecto y sus ojos desquiciados, de ojera mortificada por la alucinación y el insomnio.

Siendo evidente que hijo y madre se encontraban bajo el influjo de algo ultrafisiológico, no se me pudo ocurrir ceñirme a un cuestionario relativo a funciones físicas. Debidamente reconocido, el muchacho pasó a otra habitación; le dejé ante la mesita, con provisión de libros y periódicos ilustrados; me encerré con la madre, y figúrese el gesto que yo pondría cuando aquella señora, de buenas a primeras, me soltó lo siguiente:

-Si ha de entender usted el mal que padece esa infeliz criatura, conviene que sepa que es hijo de un cadáver.

Inmutado al pronto, tranquilizado después, dirigí la mirada al ropaje de la señora, sonreí y murmuré:

-Ya veo... El niño es huerfanito...

-No señor; no es eso; llevo luto por una hermana. Lo que hay, señor doctor, e importa que usted se fije en ello, es que cuando mi Roberto fue engendrado, su padre había muerto ya.

La buena crianza me impidió soltar la risa o alguna palabra impertinente; después, un interés humano se alzó en mí; conozco bien las modulaciones de la voz con que se miente, y aquella mujer, de fijo, se engañaba; pero, de fijo también, no mentía.

-No me cree usted, doctor... Lo conozco... Yo tampoco "creería" si me lo vienen a contar antes del suceso... He "creído", porque no me quedó más remedio que "creer"...

-Señora, perdóneme... -murmuré cada vez más extrañado-. No me exija usted una credulidad aparente. Sírvase informarme del origen de su aprensión; necesito comprender de dónde procede el estado de ánimo de usted, que se relaciona, sin género de duda, con el estado anormal y la debilidad de su hijo.

-Oigame usted sin prevenciones; trataré de que usted comprenda... Lo que usted llama mi aprensión, en hechos se funda -y la señora suspiró hondamente-. Mi marido era negociante en frutas y productos agrícolas; se había dedicado a este tráfico por necesidad; la oposición de mis padres a nuestra boda nos obligó a buscarnos la subsistencia; yo salí de mi casa con lo puesto, y Roberto, pobrecillo, ¡el talento que tenía!, ¡hacía versos preciosos, preciosos!, no encontró otra manera de evitar que nos muriésemos de hambre... Compraba en los pueblos de la huerta las cosechas y revendía para el extranjero. Había alquilado una casita, con jardín, al borde del mar, y allí nos reuníamos siempre que podía; porque, muy a menudo, las exigencias del negocio le tenían ausente semanas enteras, y hasta temporadas de quince o veinte días, especialmente a fines de otoño, que es cuando se activa el tráfico. Eso sí; ya iba ganando mucho, y nos halagaba la esperanza de llegar a ricos; para ser completamente dichosos nos faltaba sólo un hijo; eran pasados más de dos años, y el hijo no venía; pero Roberto me consolaba: "Lo tendrás, lo tendrás... Primero me faltaría a mí la vida y la sangre de las venas..." Así decía... ¡Cómo me acuerdo de sus palabras!...

La noche memorable -de esas largas, del principio del invierno- le esperaba yo, porque me había anunciado su venida, después de una ausencia de casi un mes. Acababa de realizar una compraventa importante, y escribía muy alegre, porque traería consigo una bonita cantidad de oro, destinada a otras compras ajustadas ya. Yo ansiaba verle: nunca fue tan larga nuestra separación; una inquietud, una desazón inexplicable me agitaban; no sé las vueltas que di por el jardín, el patio y la casa, a la luz de la luna. Al fin, me rindió el cansancio y me acosté; era por filo medianoche, y la luna iba declinando. En su carta, mi Roberto advertía que si no le era posible llegar antes vendría seguramente de madrugada, y que no nos tomásemos el trabajo de estar en vela ni yo ni los dos criados que teníamos.

Empezaba a conciliar el sueño, cuando me despertaron las caricias de mi esposo...

-¿Cómo había entrado? -pregunté vivamente, pues empezaba a adivinar.

-Tenía llave de la verja del jardín y de la puerta: nunca necesitaba llamar -declaró la señora-. A la mañana siguiente, después de un sueño de plomo, abrí los ojos, y noté con extrañeza que no se encontraba a mi lado Roberto. Me levanté aprisa, deseosa de servirle el desayuno: le llamé; llamé a los criados: nadie le había visto; ni estaba en la casa ni en el jardín. En las dos puertas, ambas abiertas, hallábanse puestas las llaves. Entonces, mi desazón de la víspera se convirtió en una especie de vértigo: el corazón se me salía del pecho; despaché a los sirvientes en busca de su amo, y cuando se disponían a obedecerme, he aquí que se me llena la casa de gente de las cercanías, que traía la noticia fatal. A poca distancia... en la cuneta del camino... con varias puñaladas en el vientre y pecho...

Aquí la señora sufrió la aflicción natural; la acudí con éter, que tengo siempre a mano, y cuando se sosegó un poco, no fue ella quien siguió relatando; fui yo quien inquirí, con jadeante curiosidad:

-¿Le matarían por robarle?

-No tal. ¡El cinto con el oro... apareció sobre una silla, en mi cuarto!

-Calma, señora -murmuré-; no nos atropellemos. ¿No pudo el asesino quitarle las llaves y aprovecharlas para entrar furtivamente en la casa y en el dormitorio?... ¿Usted le vio la cara a su marido?

La señora saltó literalmente, en la silla; creí que iba a abofetearme.

-Esa atrocidad no me la repita usted, doctor, si no quiere que me mate y que mate antes al niño... -y los ojos desquiciados me lanzaron una chispa de furiosa locura-. Pues qué, ¿confundiría yo con nadie a mi Roberto? Su voz, sus brazos, ¿se parecían a los de nadie? ¡No lo dude usted! Era él mismo... era su alma... y por eso mi hijo no tiene cuerpo..., es decir, no tiene vigor físico, carece de fuerzas... Es hijo "de un alma"... Eso es, y nada más... Si no lo entiende usted así, doctor, bien poco alcanza su ciencia... Pero ya que no van ustedes más allá de la materia, voy a darle a usted una prueba, una prueba indudable, evidente, para confundir al más escéptico... Mire este retrato, de cuando mi esposo era niño...

Sacó del pecho un medallón que encerraba una fotografía; lo besó con transporte, y me lo entregó. Confieso que di un respingo de sorpresa: veía exactamente el mismo semblante del niño que, a dos pasos de nosotros, detrás de la cerrada puerta, se entretenía en hojear ilustraciones...

-¡Eso ya es difícil de explicar! -exclamé interrumpiendo al médico.

-No, no es difícil... Se han dado casos de que hijos de segundas nupcias de la madre saquen la cara del primer marido. Hay una misteriosa huella del primer hombre que la mujer conoció, persistente en las entrañas... Pero yo tuve la caridad de aparentar una fe que científicamente no podía sentir... No quise volver loca del todo a la infeliz madre, víctima de tan odiosa burla o venganza, o vaya usted a saber qué. El asesino de Roberto, el ladrón de su dinero, fue el mismo que completó la obra horrible con el último escarnio... Y en el aturdimiento de la fuga, se olvidó el cinto de oro; lo dejó allí. ¿Era sólo un bandido? ¿Era un enemigo que llevó el odio y la afrenta hasta más allá de la tumba? ¿Era un enamorado de la hermosura de la mujer? Esto no creo fácil averiguarlo ya... Pero el caso es bonito, ¿eh? Y en él -como casi siempre- la "verdad" sería lo funesto. Miento dulcemente a la madre, y trato de salvar al hijo de la muerte.

No le había visto en un año, y me lo encontré de manos a boca al salir del café donde almuerzo cuando vengo a Madrid por pocos días desde mi habitual residencia de El Pardo.

Apenas fijé en él los ojos, comprendí que algo grave le pasaba. Su mirar tenía un brillo exaltado, y una especie de ansia febril animaba su semblante, de ordinario grave y tranquilo.

-Tú estás enamorado, Braulio -le dije.

-Y tanto, que voy a casarme -respondió, con ese género de violencia que desplegamos al anunciar a los demás resoluciones que acaso no nos satisfacen a nosotros mismos.

Minutos después, sentados ambos ante la mesita, y empezando a despachar las apetitosas doradas criadillas, regadas con el zumo fresco y agrio del limón, entró en detalles: una muchacha encantadora, de la mejor familia, de un carácter delicioso...

-¿Sin defectos?

-¡Bah!... Un poco inconsistente en las impresiones... No toma en serio nada...

-¿Arenisca? -pregunté.

-Es la definición exacta: arenisca -contestó él súbitamente, plegado de preocupación el negro ceño-. Le dices hoy una cosa, parece hacerle impresión, y al otro día comprendes que todo se ha borrado... ¡Por más que quiero fijarla, no lo consigo! En fin, eso, ¿qué importa?

-Sí importa, Braulio...

Y viéndole silencioso, agregué:

-¿Me permites evocar un recuerdo de viaje? Este verano estuve en el monte de San Miguel... ¿Sabes tú cómo hay que hacer para llegar? Por tres caminos se puede emprender la expedición: Avranches, Pontaubault o Genêt. En cualquiera de ellos hace falta, ante todo, provistarse de un guía. Los coches de línea llevan delante un explorador o batidor, que, con larga pértiga, reconoce los arenales antes que el carruaje se aventure; porque no son raros los casos de haberse hundido la diligencia, con todos sus viajeros, como sorbida por invisible boca, y haber sido dificilísimo el salvamento, cuando no imposible... ¡Pide a Dios -añadí, haciendo una digresión intencionada- que tus pies se apoyen en dura roca, o pisen el ardiente polvo del desierto africano, o la lava volcánica del Vesubio, o aquel suelo sembrado de guijarros tan cortantes y agudos, que nuestros soldados, desgarrándose los pies, le llamaron sierra de las Navajas! ¡Todo, todo, excepto la arena! La arena es horrible...

Y notando que Braulio apenas podía tragar las colitas de los langostinos y se ayudaba con frecuentes libaciones, él tan sobrio, continué:

-A primera vista, la arena movediza es sencillamente una extensión gris, en la cual creeríamos poder aventurarnos sin recelo. Hay arenas, sin embargo, más pérfidas que otras. Algunas parecen líquidas: absorben inmediatamente lo que se les arroja. Siguiendo las indicaciones de mi guía, hice el experimento. Nos llevamos un carnero vivo y lo lanzamos a vuelo a la arena, como lo hubiéramos lanzado al mar. Y en realidad fue lo mismo. Le vimos desaparecer: ni aun la cabeza surgía. En pocos segundos no quedó señal alguna del pobre animal: ni siquiera depresión en la árida superficie.

Al preguntar yo si era frecuente que ocurriesen desgracias en los arenales que rodean al monte, me contestaron que ahora pocas veces, desde la construcción del dique extendido entre la tierra firme y la Abadía. No obstante, siempre existen insensatos que se juegan la vida, sea por curiosidad, sea porque hay en el peligro atractivo misterioso, que nos fascina y nos hace olvidar la más elemental prudencia...

Me interrumpió Braulio, dejando de chupar la cabeza roja de un langostino.

-Te entiendo -murmuró-. La alusión es transparente... En las arenas movedizas del alma de una mujer, algunos nos atrevemos a arriesgarnos cuando estamos realmente enamorados; pero en esas otras arenas que me estás describiendo, me figuro que pocos se aventurarán.

-Te engañas... Lo que voy a referirte ocurrió encontrándome yo allí. Y el que se arriesgó a desafiar las arenas fue un viajero que conocía perfectamente los peligros de la aventura. Y la que le incitó, una mujer...

Siguiendo la estela de cierta viajera muy guapa, ya viuda, que le traía al retortero, un muchacho sudamericano, aficionado al deporte, algo jactancioso, a quien yo conocía de París, se encontraba en la hospedería. Suele decirse que los valientes no son nunca fanfarrones; pero esta sentencia, como todas las que la psicología se refieren, no es infalible. Aquel muchacho, Sotero Hernández, fanfarroneaba, sin carecer de un valor temerario. Bien lo probó la aventura.

Cuando nos reuníamos a la hora del té o de sobremesa -yo formaba parte del corro, o, mejor dicho, corte, de la viuda- se hablaba de las arenas, de sus peligros, de lo que pudiera acontecer, caso de atravesarlas sin guía. Sotero había tomado el estribillo de reírse de tales historias.

-Son -repetía- cuentos y leyendas que fraguan aquí para prestar cierto atractivo dramático a la estancia en el monte. Este elemento se cultiva cuidadosamente también en Suiza: forma parte del reclamo. ¡Bah! A mí no me asustan.

Llegó un momento en que la viajera, fijándole con sus grandes ojos negros tropicales, dijo, entre desdeñosa y riente:

-Sí, sí... Una cosa es hablá, otra hasé... ¡Yo creo que las tales arenitas le dan a todo el mundo su miga de respeto!...

Hernández se encontraba en ese período en que un hombre, exaltado por la vehemencia pasional, quisiera realizar cosas tales, que asombrasen al mundo y demostrasen el temple extraordinario de su espíritu. Acaso también hubo un momento en que no fue dueño de su lengua, y anunció más de lo que a sangre fría debiese anunciar. Lo cierto es que, embriagado con sus propias palabras, y viendo lucir una chispa de interés en aquellas pupilas de infierno dulce, juró que cruzaría las arenas por la parte afuera del dique y por ellas regresaría a la Abadía sano y salvo.

A pesar nuestro, nos habían persuadido un poco sus graciosas "rodomontades", y no sé por qué imaginamos el peligro menor. Tampoco creímos quizá que aquel mala cabeza realizase su plan con tan fulminante rapidez.

No medió entre el alarde y el hecho más de media hora. Salió Sotero muy ceñido de cinturón y polainas, llevando por todo bagaje unos gemelos de turista, y ni más ni menos que si se tratase de cruzar los Alpes, un largo palo de herrada punta.

Con aquel palo empezó a reconocer el arenal, donde se enfrascó desde luego. Hay en las arenas movedizas zonas sólidas, y en conocerlas y seguirlas sin desviarse a derecha ni a izquierda están la dificultad y el triunfo. Tentando hábilmente, siguió Hernández una de estas vetas, demostrando gran sangre fría y seguridad de movimientos. Sabía que desde la terraza que domina las dunas le observábamos, y de cuando en cuando se paraba, sacaba sus gemelos, los dirigía hacia nosotros, que le asestábamos los nuestros, y nos hacía con la diestra, antes de proseguir, gentil saludo...

Al verle caminar con paso elástico, avanzando hacia el extremo de los arenales, más allá del cual el piso se consolida y la roca aflora la tierra, todos los del corro empezamos a tomar la hazaña a broma, y, por supuesto, "ella" se reía. Sólo yo, presa de angustia inmensa, que me había acometido de repente, notaba un sudor frío humedeciéndome la raíz del cabello.

No podían ser puras invenciones los relatos de hombres sorbidos por la arena, de coches hundidos con sus caballos, de rebaños de doscientas cabezas desaparecidos. Y era lo más aterrador recordar que, según se afirmaba, nadie conoce la profundidad de las arenas. Una bala de cañón lanzada al abismo arrastra toda la cantidad de soga que se le quiera poner, hasta el suelo de la bahía: es tragón, como las fauces de la eternidad. Los buques que en ella se pierden no quedan en el fondo visible; la arena los chupa en un santiamén. No hay sondas que alcancen a explorar ese terrible suelo.

De repente, las risas se trocaron en chillidos de horror. O Hernández había perdido la ruta segura, o, como era más probable, la zona firme cesaba y empezaba el terreno flojo. Ello es que le vimos hundirse, como por escotillón de teatro, suavemente, sin hacer movimiento alguno. Después supimos que, sereno, y sabedor de que toda contorsión precipita el naufragio en las arenas se limitó -al notar la atroz sensación de perder pie- a ejecutar lo único que en tal caso puede ser útil: abrir los brazos, sosteniendo horizontal en ellos la pértiga, y cortar por este medio el remolino que se lo tragaba... Le veíamos perfectamente, y nos veía él, y nos miraba, serio ya, y yo grité desesperadamente:

-¡Un guía! ¡Gente! ¡Un viajero se ahoga en la arena!

Tal vez el caso no era nuevo: ello fue que en un momento se organizó el envío de socorros, y dos prácticos volaron en auxilio del imprudente... Seguían el mismo camino por él emprendido; faltaba que él pudiese resistir hasta la llegada de los salvadores... Nos aterró ver que su cabeza bajaba al nivel del suelo. Fue esto, sin embargo, lo que le salvó. Reuniendo sus fuerzas y sus energías, logró tenderse, y, habiendo soltado las piernas, raneaba suavemente, de un modo casi imperceptible, hacia la parte sólida del arenal. Todo movimiento descompuesto podría provocar la formación de otro vórtice, aunque en aquella posición era ya más difícil... Y así, nadando o reptando, antes de que llegasen los que iban a auxiliarle, alcanzó el terreno sólido...

¡Lo alcanzó, sí...; pero en qué estado, con qué cara! Nos pareció ver a un muerto que salía del sepulcro. No hace falta ser cobarde para experimentar vértigo de espanto ante las arenas tragonas...

-¿Y qué hizo después con su amor? -interrogó Braulio.

-¡No hay amor que a eso resista! -contesté despreciativo.

Luego supe que Braulio no se ha casado... Sin duda, teme a la arena.

¿Quién no conoce a aquel médico no sólo en la ciudad, sino en la provincia, y aun en Madrid, al que desdeña profundamente? Son muchas las cosas que desdeña, y entre ellas, el dinero. Lo desdeña con sinceridad, sin alharacas. Podría ser rico; su fama de mago, más que de hombre de ciencia, le permitiría exigir fuertes sumas por las curas increíbles que realiza; pero para él existen la conciencia, el alma, la otra vida -un sinnúmero de cosas que mucha gente suprime por estorbosas y tiránicas-, y se limita a tomar lo que basta al modesto desahogo de su existir. No tiene coche, ni hotel, ni cuenta corriente en el Banco; en cambio, espera tener un lugar en el cielo, al lado de los médicos que hayan cumplido con su deber de cristianos, que algunos hay, y hasta en el Santoral los encontramos, con su aureola y todo.

El doctor -llamémosle doctor Zutano- abre su consulta a las ocho de la mañana; y desde las cinco, en invierno, hay gente esperando en su portal, en su escalera y en su antesala, si el fámulo lo permite. Dentro ya, divídense los clientes: en un aposento aguardan los de pago, los ricos; en otro, aislado, los pobres, los que no pagan. Invariablemente, la consulta empieza por un pobre; pasa luego un rico, y así, alternativamente, hasta que el médico, rendido de cansancio, necesitando ya reparar las fuerzas con frugal almuerzo, da por terminada la faena del día. Jamás se vio ni leve diferencia en la duración de las consultas gratuitas y las pagadas. Con igual calma, con el mismo interés nuevo y fresco en cada caso, registra el doctor Zutano las peludas orejas de un faenero del muelle, que los limpios dientes, fregados con oralina, de la remilgada señorita, a la cual se dirige severo y conciso como un dómine. Porque el doctor reconoce siempre oídos y dientes ante todo, y uno de sus timbres de gloria es haber curado hasta casos de locura extrayendo, entre irónico y triunfante, una bolita de cera de un conducto auditivo.

Jamás se vio que el doctor aplazase operación que juzgara necesaria. Pocos preparativos, acción rápida, como la de un animal que se guía por el instinto, y esa felicidad en el resultado, que caracteriza al cirujano genial.

-Tanto aparato, tanto aparato para cosas tan sencillas -repite, despreciativo, burlándose un poco de la escenografía científica, que no se hizo para él-. ¡Bah, bah! Las cosas, a la pata la llana...

Lo más curioso de un hombre tan digno de estudio en su psicología, son seguramente sus ideas políticas y sociales. Para que nos las expliquemos, tendremos que retroceder hasta los místicos franciscanos de la Edad Media, aquellos que, prontos a la sumisión y al fervor y a la penitencia hasta morir, amaban a los pobres y a los humildes y reprendían dura y satíricamente los defectos del Papa. El doctor Zutano es grande amparador de los desheredados, y tiene para ellos preparado el auxilio y la generosa limosna de su ciencia a cada instante. A los poderosos de la tierra no los conoce sino cuando sufren, cuando son mísera carne enferma, iguales al menesteroso ante el dolor. De las señoritas y señoras que van a consultarle emperifolladas y trascendiendo a esencias, suele mofarse, poniéndolas como un trapo. Ni los personajes políticos, ni los aristócratas, ni los plutócratas impresionan al doctor. Hijo del pueblo, lo recuerda con fruición, como recuerda con expansión de gratitud íntima al señor que costeó su carrera. Lo demás, le es indiferente; los que acuden a su consulta no son sino hombres, y sus órganos que sufren no se diferencian de otros órganos encallecidos por el trabajo, o deformados y atrofiados por azares de una vida miserable, por falta de subsistencia, por miseria, en fin. Humanidad doliente ahora, polvo y ceniza mañana, excepto la luminosa partícula, el espíritu, que dará cuenta y será responsable ante la justicia inmanente... En el barro, el doctor no hace diferencias. Como ignora la ambición y la vanidad, no se inclina ante nadie. Tal vez se inclinase hasta el suelo ante dos cosas sagradas: la maternidad y la inocencia. Las madres que no aman a sus hijos con violento amor, le son antipáticas. La queja de la madre, la del padre, le ablandan, resuenan en su corazón. Y el doctor no tiene hijos.

Aceptador del destino y de la labor con la cual se gana el pan, el doctor detesta la agitación política. No conoce más ley que el trabajo. Nadie menos "burgués" y, sin embargo, nadie más enemigo de las huelgas, los meetings, las arengas y las luchas electorales. "Pillos que holgazanean y pillos que medran." Tal es su definición, de la cual nadie le saca.

Un día, en aquella antesala del doctor, donde se entreoyen conversaciones palpitantes de oscura esperanza, y corre el vago estremecimiento de lo maravilloso, esperaba un hombre como de unos cuarenta y pico de años, vistiendo remendada blusa y acompañado por un niño de unos once, acaso más, porque la enfermedad que le consumía desmedraba su estatura y limitaba su desarrollo. La espera fue larga, y el fornido padre, para entretenerla, sacó del bolsillo del pantalón un zoquete e hizo que la criatura mordiscase, desganada, en él. Al cabo, llególes el turno, y, procurando no pisar fuerte, entraron respetuosos en el despacho sencillo, cuyas altas vitrinas, rellenas de instrumentos y material quirúrgico, relampagueaban con reflejos de acero, al rayo del sol que pasaba al través del cierre de cristales.

El doctor Zutano suele preguntar rápidamente, a veces no pregunta, porque adivina. Imponiendo las manos, como un antiguo taumaturgo, suele acertar con sólo el tacto.

-Ya sabemos, ya, lo que ocurre... El chiquillo padece un tumor..., bueno, un bulto..., no le importa a usted dónde..., dentro, ¿me entiende?, y hay que quitárselo, ¡y cuanto antes! Mejor ahora que mañana.

El padre se rascaba la cabeza indeciso.

-Y... eso... ¿me costará mucho dinero, señor?

-¡No le cuesta nada, santiño! ¿Qué le va a costar? Esta tarde vuelve usted con el chiquillo; le hago lo que hay que hacer; le pongo las vendas; trae usted una camilla o un colchón; se va con él a su casa; yo paso a verle unos días, hasta que no necesite más visitas; y concluido. ¿Piensa que no comprendo yo que usted no es ningún banquero?

-¡Soy un pobre obrero, señor!

-¿En qué trabaja? Mi padre era cerrajero, ¿sabe?

-Soy carpintero de armar... Pero ahora estamos en huelga.

-¿En huelga? -preguntó severamente el médico, frunciendo el ceño y clavando el mirar en la cara del cliente.

-Sí, señor... Eso no es cosa mala... Como usted me enseña, con la huelga nos defendemos de los patronos. Ejercemos un sagrado derecho.

-Bueno, bueno... ¿En huelga, eh? Pues venga esta tarde. Le espero.

A la tarde, el doctor desnudó al niño, le extendió sobre la mesa y le adurmió con el cloroformo, porque la operación era y tenía que ser larga. Con la celeridad asombrosa que le caracteriza, abrió de un seguro tajo el costado, por la espalda, y fue ensanchando la incisión y aislando el tumor para extraerlo.

El padre, de pie, y con el aliento congojoso, miraba el instrumento que sajaba y cortaba en aquella carne de sus amores. Un temblor agitaba sus miembros, y por su frente rezumaba un sudor frío, ¡Qué herida tan enorme! ¿No le sacarían por allí las tripas al malpocado? ¿No le vaciarían como a un cerdo? Y cuando la atroz hipótesis se le estaba ocurriendo, he aquí que el doctor suspende su trabajo, levanta el bisturí... y, sentándose cerca de la ventana, coge un libro y se pone a leer tranquilamente.

-¿Qué es eso, señor? ¿No sigue? -preguntó el padre, receloso.

-No, hombre... -exclamó el médico, calmosamente-. ¡Me declaro en huelga!

-¿Qué dice? -exclamó aterrado el obrero, sin saber si el doctor Zutano hablaba en serio o bromeaba.

-¿No está claro? Soy huelguista yo también... Vaya, esto se deja para otro día. Abur. Me retiro a descansar.

-Pero... ¿y el niño? ¿Va a quedarse así el niño?

-¿Y a mí qué me cuentas? La huelga es un derecho, un derecho sagrado.

-¡Pero, señor, el niño! ¡Que está abierto, que está ahí como muerto! ¡Señor, por el alma de quien tenga en el otro mundo!

-¿Crees tú en el otro mundo? -preguntó muy formal el doctor-. ¿Crees en el alma? Mira, lo dudo, porque os tienen mareados y ya ni sabéis lo que creéis... En fin, yo me voy a dormir una siesta; estoy en huelga, como sabes...

Más blanco que la cera el padre; empezando a entender que aquello iba de veras, que su hijo se moría, abierto, despedazado, con el estertor que le causaba el anestésico -echándose de rodillas, gimiendo, imploró:

-¡Señor! ¡Que es mi hijo! ¡Que soy su padre, señor! ¡Su padre!

-¡Eso te vale, zángano! -murmuró el médico-; y, dando un empujón ligero al hombre para desviarlo, y encogiéndose de hombros, continuó y remató brillantemente la operación emprendida.

¡Qué oscura, pero qué dulce y tranquila se deslizaba en el vetusto pazo de Quindoiro la existencia de Santiago!

Llamábanle en la aldea Santiago el Mudo no porque lo fuese, sino porque el mutismo voluntario equivale a la mudez, y Santiago acostumbraba a callar. Taciturno, reconcentrado, vegetaba en el pazo como la parietaria que se adhiere al muro ruinoso. Desde tiempo inmemorial, la familia de Santiago estaba al servicio de aquella casa; últimamente, sin embargo, se había roto la tradición; al trasladarse los señores del pazo a la ciudad, dos hermanos de Santiago emigraron a la América del Sur; Santiago, huérfano ya, se quedó solo en el noble caserón, declarando que se moría si de allí se apartase. Santiago era hermano de leche del señorito Raimundo, también huérfano.

Las temporadas en que el señorito Raimundo venía al pazo, se despejaba la frente y se animaba la adusta fisonomía de Santiago el Mudo, a pesar de que la tal venida le costaba mil fatigas y sinsabores. El señorito tenía genio violento, altanero y despótico: mostrábase exigente en los detalles del servicio, poniendo refinamientos que no estaban al alcance de un paleto como Santiago; pretendía que le adivinasen el gusto, y acusaba a Santiago de camuseo y torpe, dejándose llevar de la impaciencia hasta pegar a su hermano de leche. Sí, el señorito lo quería todo al estilo de los pueblos grandes donde había vivido y de las suntuosas residencias que tal vez había envidiado; el señorito era como una centella, y si se atufaba había que temblarle; pero su presencia comunicaba vida y movimiento; le acompañaban los perros, caballos, amigos mozos y joviales, que correteaban por los desmantelados salones silbando y riendo, y a la mesa armaban descomunales gazaperas, haciendo salvas con el añejo vino guardado en la venerable "adega". Entre los huéspedes de Raimundo solían contarse jóvenes "morgados"; el pazo se halla muy próximo a la frontera natural que forma el Miño a las dos naciones peninsulares, y el señorito iba con frecuencia a Oporto y a Lisboa, aprovechando la obsequiosa hospitalidad de algún magnate portugués.

Cierto día de otoño presentóse en el pazo el señorito sin previo anuncio, y llamando a Santiago, encerráronse los dos en la habitación más retirada. Siempre la llegada de Raimundo era la señal de convocar apresuradamente a los pocos servidores útiles que existían en la villita más inmediata a Quindoiro; pero esta vez Santiago sólo avisó a una cocinera y se reservó la tarea de servir al señorito sin ajena ayuda. Al anochecer de aquel día salieron juntos del pazo Santiago y Raimundo, y pasaron el Miño en una barca que ellos mismos tripulaban. Bien entrada ya la noche regresaron al pazo, introduciéndose en él por una puertecilla del corral que daba a un cobertizo, del cual se pasaba a la granera y a las habitaciones altas que servían de dormitorios. Nadie los había visto salir; nadie los vio volver, ni pudo observar que traían consigo a una dama, de airosa silueta y sombrerito con velo blanco. La dama se apoyaba en el brazo de Raimundo, y sofocaba una risilla nerviosa a cada sitio estrecho y oscuro por donde tenían que pasar. Así que los dejó en salvo, y Santiago se retiró.

A la mañana siguiente, cuando rondaba el aposento en el que se habían recluido los amantes, esperando aviso para traer el desayuno, sintió de pronto que le ponían en el hombro una mano; vio frente a sí la faz demudada por el terror, y oyó la voz de Raimundo, ronca, sorda, desconocida, que pronunciaba una sola palabra:

-Ven.

Obedeció el Mudo: penetró en el dormitorio, y tendida sobre la inmensa cama, de dorado copete y salomónicas columnas, vio a una mujer de faz amoratada, con el seno descubierto, los ojos casi fuera de las órbitas y la lengua entre los dientes. Se lanzó Santiago a socorrerla, pero la rigidez de la muerte endurecía ya sus miembros. Arrodillado al pie de la cama, Raimundo aterrado y suplicante, tendía a Santiago sus brazos, exclamando con desesperación:

-¡Y ahora! ¡Y ahora!

-A la noche -respondió lacónicamente el mozo-. Yo respondo. Esperad. No asustarse.

Corrieron las horas del espantoso día, y sin abandonar a su amo ni un instante, Santiago le ofreció, a falta de consuelos elocuentes, el de su presencia. Así que oscureció, habiendo despachado a la cocinera con un pretexto, se presentó armado de una linterna, que confió al señorito, mientras él cargaba a hombros el frío cadáver. Y al través de los vastos salones, en cuyas paredes la luz de la linterna proyectaba grotescas y trágicas sombras, bajaron a la cocina y de allí pasaron a la "adega" o bodega. Las magnas cubas de vino añejo presentaban su redondo vientre, y en los rincones sombríos las colgantes telarañas remedaban mortajas rotas. Santiago dejó en el suelo a la muerta y señaló a un tonel de los más chicos, indicando a su amo que era preciso moverlo para cavar debajo la fosa y que no se viese la tierra removida. Y el exánime Raimundo tuvo que empuñar una barra de hierro y ayudar a desplazar el tonel. En seguida Santiago cavó solo la hoya, ancha y profunda, rasando la

pared en sus cimientos. Mas para colocar el cuerpo necesitó Raimundo cogerlo por los pies, mientras lo llevaba por los hombros Santiago. Acabada la lúgubre faena, colmada la fosa, repuesto el tonel en su sitio, Santiago vio que su amo se tambaleaba, y comprendiendo que no podía ya sostenerse, le cogió en brazos, le llevó a otra habitación, le echó en la cama, le hizo beber casi a la fuerza una copa de coñac, y le acompañó toda la noche. Al amanecer hizo un atadijo con las prendas que habían pertenecido a la muerta, recogiéndolo todo, sin olvidar ni una horquilla, y, metiéndose en el bosque, quemó pieza por pieza y soterró las cenizas.

Raimundo, a las pocas horas, tenía fiebre y delirio. Santiago se apostó a la puerta del cuarto para impedir que entrase nadie, cuidó a su amo lo mejor que supo y veló diez noches el agitado sueño del criminal. Convaleciente, aunque débil y abatidísimo, el señorito pudo disponer su marcha, y al tiempo de separarse de Santiago, su mirada se cruzó con la del Mudo, cuyos ojos decían: "Ve tranquilo".

Por entonces habló la prensa portuguesa de un suceso extraño: la misteriosa desaparición de cierta bella dama, esposa de un personaje, y adorada por él, a pesar de la murmuración, que siempre se ceba en la hermosura, la gracia y el talento. Sabíase que, habiendo salido sola de Lisboa para pasar una semana en la quinta que poseía a orillas del Miño, la gentil vizcondesa, fue por la tarde a pasear sola también como de costumbre, diciendo a los criados que pensaba dormir en otra quinta muy próxima, perteneciente a una anciana parienta. Sin embargo, al transcurrir cuatro o seis días y no saberse de la dama, los criados se alarmaron, y más al convencerse de que tampoco en la quinta próxima la habían visto. Empezó el "tole-tole": se revolvió cielo y tierra; hasta que se inquirió el paradero de la desaparecida en el Brasil. Tiempo perdido: de la señora no se encontró ni rastro, porque nadie había de ir a buscarla en la bodega del pazo de Quindoiro, sepultada bajo un tonel que contenía muchos moyos de vino añejo.

En cinco años lo menos no volvió Raimundo al pazo. Sin embargo, el tiempo y la impunidad iban calmando sus primeros terrores. Para disculparse, pensaba a solas que aquella mujer le había exaltado y puesto fuera de sí de celos con imprudentes revelaciones, con retos insensatos, con burlas inicuas. Sentía además la singular querencia del asesino por el lugar donde cometió el crimen. Por otra parte, sus intereses le obligaban a no abandonar el pazo enteramente. Se decidió... ¡Cosa rara! Lo único que le repugnaba cuando emprendió el camino, no era ni entrar en aquella casa, ni ver aquella cama de dorado copete, ni beber el vino de aquella bodega..., sino tener delante a Santiago, al cómplice y encubridor, al testigo silencioso, al que "lo sabía" y "lo callaba", y "lo callaría" aunque le sometiesen a prueba de tormento...

Sin embargo, dirigióse al pazo Raimundo, y el leal servidor le recibió con muestras de alegría. Apenas se encontró a solas con su amo Santiago el Mudo, abriéronse sus labios, y en tono humilde, como quien se excusa, murmuró muy bajito:

-Señorito...: puede... venir aquí... cuando guste..., sin aprensión. Ya "no hay nada"... Este año por la Pascua, moví la cuba, y "todo" lo saqué... Tenía encendido el horno... "Lo" metí en él..., que no quedó... señal... ni miaja. Ni Dios, con ser Dios, descubre aquí cosa ninguna. Ni la tierra lo sabe... ¡Venga cuando le parezca..., sin cuidado!

Raimundo respiró hondamente. De su pecho se quitaba algo muy pesado, muy frío, muy hondo; una lápida que le oprimía los pulmones. Ya nunca podría su crimen arrastrarle a la afrenta, y quizá al patíbulo. La aprensión de los sentidos que confunden el cuerpo del delito con el delito mismo, contribuía a persuadirle de que, borrada toda aquella huella, estaba absuelto el asesino.

No obstante, aún había en el pazo una sombra, una negra proyección de aquel ignorado drama, algo en el ambiente que ahogaba al señorito y no le permitía saborear la tranquilidad y el reposo...

A los pocos días de la llegada, llamando a Santiago a su aposento, Raimundo le ofreció una razonable suma, significándole que debía irse a Buenos Aires, reunirse con sus hermanos y labrarse, cual ellos, un porvenir. Bajo la morena pátina de su tez de labriego, Santiago palideció...; pero no replicó palabra. El instinto de perro fiel que le había guiado para ocultar el atentado del señorito, le decía ahora que estorbaba en el pazo, y que la única memoria de la fatal noche era él, el Mudo, el que conservaba en sus pupilas reflejos de la maldita linterna, y en sus manos partículas de polvo de la fosa...

A bordo del navío que tripulaba emigrantes, ninguno más triste, ninguno más callado, ninguno más hosco que Santiago el Mudo. Hasta que pierde de vista la costa no aparta los ojos de ella: así que en las nieblas del horizonte se oculta la verde patria, Santiago se sienta sobre un lío de cordaje, y alzando las rodillas con los brazos, mete la quijada en el pecho y permanece inmóvil, indiferente al bureo y a los cantares de los que también se van muy lejos, muy lejos, a desconocidos climas...

Por lo que respecta a Raimundo, se ha casado y veranea en el pazo con su mujer e hijos.

LA PASARELA

En el muelle, en fría noche de un noviembre triste, un grupo de señoritos locales aguardaba la llegada del vapor que traía a la compañía de opereta italoaustríaca desde la ciudad departamental.

Eran tres o cuatro, entre pipiolos y solterones, aficionados al revuelo de las enaguas de seda que "frufrutan", a los trajes de funda indiscreta y a los olores de esencias caras, con otras serie de ideales de ardua realización en la vida diaria de una capital de provincia, donde hasta lo vedado reviste formas de lícito aburrimiento. Y a los señoritos, continuamente dedicados a la contemplación de postales iluminadas y primeras y aun segundas planas de periódicos ilustrados, soñaban con ver en carne y hueso a las deslumbradoras.

Mientras paseaban arriba y abajo, soplando y manándoles de la nariz aguadilla, para no sentir tanto en los pies la humedad viscosa de las tablas, al través de cuyas junturas entreveían el agua negra y oían su quejido sordo, cambiaban impresiones sobre motivos de noticias recogidas aquí y acullá. Además de algunas chiquillas del coro, había dos mujeres super: la primera actriz y la genérica o graciosa. Se comparaban los méritos de ambas: la primera vestía de un modo despampanante, al estilo parisiense genuino; tenía una pantalla espléndida, una exuberancia de formas... Pero, objetaban los partidarios de la genérica -a la cual no conocían sino por sus retratos-, estaba ajamonada, mientras la otra, la Gnoqui, la Ñoquita, era una especie de diablillo pequeño y vivaracho, sugestivo hasta lo increíble, que bailaba como un trompo los eternos valses del repertorio nuevo. Y se entablaba una vez más la constante disputa, que entretenía muchas tardes y no pocas noches los ocios de la tertulia de la Pecera: cuales valen más, si las de libras o las menuditas y flacas.

Si recogiesen las disertaciones sobre este punto controvertible, llenarían varios abultados tomos.

Ahora se repetían por millonésima vez los chistes, las pullas, los comentarios. Mauro Pareja, solterón empedernido, partidario de las diminutas, que él llamaba "cominillos picantes", fue el primero que señaló, entre las oscuridades de la brumosa lejanía, la luz del vapor, como una pupila de cíclope que creciese y se trocase en faro. Fondeó presto, arrimando al muelle lo bastante para desembarcar sin necesidad de otra embarcación.

Hacíase el desembarco por medio de estrecha tabla, que, apoyándose en el puente de vapor, descansaba en el borde del muelle. Salieron primero los hombres de la compañía, envueltos en viejos abrigos, en bufandas lanudas, desteñidas, cubiertas las cabezas con gorrillas pobres y sombreros abollados; luego empezó el desfile de las mujeres, dificultoso, por la "pasarela" angosta, resbaladiza. Caminaban despacio, con precauciones, porque un paso en falso sería la caída, al agua sombría, honda, que palpitaba encerrada en el estrecho espacio comprendido entre el costado del vapor y el muelle. Los gritos que les daban desde tierra, encargando cuidado, las aturdían más, y la luz deslumbraba, dando directamente en sus ojos.

-¡Eh, sentad bien el pie! ¡Despacio!

Ya en el grupo de los calaveras, la curiosidad cedía el paso a cierta compasión: un comienzo de sentimiento humano, piadoso, despertábase en las almas. Aquellas mujeres, que, engaritadas en sus abrigos maltratados por el uso y los viajes, temblaban sobre el peligroso paso, a pesar de su ágil ligereza de danzarinas de oficio, no eran las atrayentes heteras que se prometían, sino unos seres que, para comer pan, sufren y luchan.

-¡Vida perra! -murmuró Primo Cova, ya sin humor de chirigotear.

-Y diga usted que salgan de ahí sanas y salva... -advirtió Landín, otro calaverilla profesional, asaz inofensivo.

-Bueno, todo sería un baño...

-No -intervino Pareja-; sería "más"... Si se cae alguien a esa rinconada, queda debajo del barco, y no hay modo de intentar el salvamento, porque falta materialmente sitio para revolverse.

Casi en el mismo instante de decirlo corrió un rumor.

-La Ñoquita... Ahora sale la Ñoquita.

Con paso de sílfide, graciosa como un muchacho bajo su caprichosa gorra escocesa, sumida en enorme boa de piel rizada, del cual sólo emergía la nariz picaresca y el toque luminoso de dos bucles rubios flotando en la sien, la actriz corría ya por la "pasarela", sobre los altísimos tacones de sus zapatos americanos, que le hacían pie de niño, tobillos flacos de travieso colegial. El temor de los espectadores convirtióse en interés de otro género. La Ñoquita les caía bien desde el primer instante, les llenaba el ojo... Y aún no habían tenido tiempo de comunicarse la impresión, cuando, ¡plaf! Fue el siniestro ruido sordo, fue la visión fugacísima, imprecisa de la desaparición de la mujer; fue la "pasarela" vacía y el chillido estridente de las compañeras, ya en salvo en el muelle...

Y transcurrían los segundos, y nadie se decidía a nada. Abajo, en el pozo de sombra circunscrito entre el vapor y el paredón del muelle algo se agitaba confusamente; el agua, un momento, entreabriéndose, dejó ver una mancha blanca; más que rostro humano, era mascarilla de pierrot trágico, la mueca de la muerte... Arriba se agitaban, gritaban en vocerío confuso, mareante, empujándose, enloquecidos, dando cada cual su opinión, sin entenderse.

-Una cuerda... ¿No hay una cuerda, para echarla?

-Que haga máquina atrás el vapor... Está encerrada ahí en un calabozo...

-Que baje un hombre, y con una soga desde aquí le sostendremos.

-¡Eh! ¿Está por ahí Travancas? ¿Está Jolipé?

Y ni Jolipé ni Travancas aparecían, y los segundos se agregaban a los segundos en aquel trágico instante, en que cada segundo tenía tan enorme valor, y habría al fin un segundo que fuese el decisivo, el inexorable... Las exclamaciones italianas de los cómicos, su mímica desesperada aumentaba la confusión. Y caminaba, indiferente, el tiempo, y todos comprendían por instinto que, ganándolo, la actriz se salvaría; y se malograba la ocasión, sin que una voluntad se impusiese, sin que el salvamento se iniciase siquiera... La cara blanca asomó un instante, entre otro rebullir de agua salobre; asomó como el vientre de un pez muerto ya; y era evidente, para los que entendían de tales asuntos, que la Ñoquita no podía subir a la superficie, sacar los brazos, defenderse por falta de espacio, encajonada como estaba, y además agobiada, presa en la cárcel de paño de su abrigo...

Y la sacaron, sí: la sacó al cabo Travancas, el mocetón botero del muelle, que acudió a los gritos; no se sabe cómo, descolgándose por la pared viscosa, braceando abajo como un perro de aguas, y confesando al subir, entre blasfemias, que nunca había realizado más pesetera faena... Todo, para traer arriba ¿qué?.. No hubo medio de reanimar a la Ñoquita. Acaso un segundo antes...

El grupo de señoritos se retiró de allí con las orejas gachas. Una boca oscura les había soplado aliento de hielo sobre el corazón. Y Pareja resumía las tétricas impresiones de la noche en esta vulgaridad:

-No somos nada...

Alrededor de la fábrica -una fábrica elegante, de marcos, molduras y rosetones dorados, en mate y brillo- apostóse el nutrido grupo de huelguistas. A media voz trocaban furiosas exclamaciones y sus caras, pálidas de frío y de ira, expresaban la amenaza, la rabiosa resolución. Que se preparasen los vendidos, los traidores que iban a volver al trabajo, no sin darse antes de baja en la sociedad El Amanecer.

Algunos de estos vendidos, deseosos de ganar para la olla, habíanse aproximado con propósito de entrar en la fábrica, y ante la actitud nada tranquilizadora del corro vigilante, retrocedieron hacia las calles céntricas. Conversaban también entre sí: "Aquello no era justo, ¡concho! El que quiera comerse los codos de hambre, o tenga rentas para sostenerse, allá él; pero cuando en casa están los pequeños y la madre aguardando para mercar el pedazo de tocino y las patatas a cuenta del trabajo de su hombre... hay que arrimar el hombro a la labor". Hasta hubo quien refunfuñó: "Con este aquél de las sociedades no mandamos, ¡concho!, ni en nosotros mismos..." Melancólicos se dispersaron a la entrada de la calle Mayor para llevar la mala noticia a sus consortes.

Los huelguistas no se habían movido. Nadie los podía echar de su observatorio; ejercitaban un derecho; estaban a la mira de sus intereses. Y uno de ellos, mozo como de veinte años, tuvo un esguince de extrañeza al ver venir, de lejos, a una chiquilla rubia -de unos catorce, o que, en su desmedramiento de prole de obrero, los representaba a lo sumo-, y que, ocultando algo bajo el raído mantón, se dirigía a la fábrica de un modo furtivo, evitándolos.

-¡Ei!, tú, Manueliña, ¿qué llevas ahí?

Sin responder, echóse a llorar la chica, anhelosa de terror. Y, al fin, hollipó:

-¡Me dejen pasar! ¡No hago mal! ¡Me dejen!

Unas manos fuertes, gruesas, desviaron el mandilillo, descubrieron el contrabando: la ollita desportillada, con el guiso de patatas bazuqueando en su salsa clarucha.

-¿Está tu abuelo dentro? -interrogó, con gravedad, el que parecía capitanear a los otros.

El llanto de la niña fue entonces desesperado. Ahogándose, repetía:

-¡Mi abuelo no hace mal! ¡No hace mal a nadie!

Un molinete rápido lanzó el puchero a estrellarse contra la pared de la fábrica, pringándola de pebre, y una voz ronca pronunció, echando un vaho de cólera aguardentosa a las mejillas de la mujercita:

-Anda, entra y dile a ese viejo chocho que por hoy se le perdona la cochinada; pero que si mañana viene a la fábrica... que sepa lo que le espera.

A la hora de salida todavía el grupo, relevándose y turnando, permanecía frente a la puerta; pero la fatiga, el tedio y esa ira reconcentrada que infunden la espera y la calma indiferente de las cosas, la contemplación de paredes, detrás de las cuales está nuestro destino y anhelamos forzar o arrasar, habían comunicado expresión más sombría a los rostros, palidez más biliosa a las frentes, a los ojos fulgor más iracundo. Y hubo un clamoreo de indignación cuando vieron salir a Pedro Camino, el único dorador que, adelantándose a la hora de entrada, los había burlado y venía a cumplir su tarea. Era un anciano como de setenta años, todavía robusto, de barbas blanquísimas, cara venerable de santo de retablo de aldea. Con involuntario respeto se contaba de él que no probaba el vino ni el aguardiente. Era de casta labriega, fuerte, sencilla y sobria; no conocía más que su obligación, su contrato, su oficio. Y miró hostilmente a los que hacían guardia, a los que habían roto su puchero, estropeando su almuerzo, amenazado su vida.

-Aquí estamos, Pedro -exclamó el jefe, en tono semiconciliador, semienojado-. Ya le diría Manueliña nuestro acuerdo, ¿eh? Hasta acabar la huelga no trabaja nadie, y a quien trabaje le ha de pesar.

El viejo se cuadró, sin miedo. Cruzóse de brazos, mirando al jefe con fijeza, casi despreciativo, y al cabo, entre el silencio expectante del grupo, profirió:

-Entonces a vuestra casa iré a cobrar el jornal, que lo precisamos yo y mi nieta para la comida.

-¿Y nosotros, no lo precisamos? -saltaron algunos, airados, más que en las palabras, en el ademán.

-Eso hijos, allá vosotros... Seréis ricos, cuando pasáis sin trabajar los meses... Yo soy pobre; pobre nací y pobre he de morir; sólo que, mientras viva, a Manueliña no le faltarán unas patatas, ni un cuarto para dormir, ni toquilla para el cuello. Y no se irá a perder, como otras...

La alusión era sangrienta: referíase a uno de los del grupo, y hería más, por lo mismo que, realmente, el obrero no tenía culpa de la conducta de su mujer, si no se llama culpa al defectillo de la afición a bebidas fermentadas.

-No se ande con bromas, Pedro -insistió el jefe, en tono significativo-. Fíjese en lo que hace y en lo que habla, que a sus años los hombres deben tener mucha prudencia, pero mucha. No provoque a la gente trabajando cuando todos huelgan. Si no mirásemos a la edad se lo diríamos de otro modo; y piénselo bien, y quédese en su casa, porque mañana no se le consiente entrar, ¿lo oye?

Mientras el jefe hacía estas advertencias, el grupo rumoreaba en marejada de furia. Iban armados de estacas y, no pudiendo desahogar contra nadie más, empezaban a encolerizarse especialmente con el viejo terco.

-No sois nadie -gruñó él- para consentir o no que yo entre. ¿Soy vuestro esclavo, por si acaso? Ahora es cuando os digo que entraré, y si es preciso, pediré ayuda a la autoridad. ¡Pues hombre!

Cuando esto decía enérgicamente Pedro, de una calleja próxima desembocó Manueliña. Venía color de yeso temblorosa. Y lanzándose hacia el grupo, gritó:

-¡Socorro, vecinos! ¡Matan a mi abuelo!

La verdad era que nadie le había tocado aún al pelo de la ropa. Los huelguistas enseñaban los dientes, sin decidirse a morder; y dijérase que misteriosa valla de veneración a la ancianidad y al derecho de aquel hombre, que no pedía sino trabajar para mantener a una niña, los contenía, obligándoles a permanecer a cierta distancia, a pesar de las crispaciones de sus puños en torno del garrote, que deseaban blandir. La llegada de Manueliña, al pronto, los distrajo; fue una nota patética, a que sus almas respondían. La criatura acudía en defensa de su único amparo en el mundo, de su abuelo. En sus ojos había extravío de locura. Un huelguista hasta la consoló.

-No hay duda, Manueliña; con tu abuelo nadie se mete...

En el mismo momento, y sin duda atraídos por los gritos de la muchacha, apareciéronse por allí cuatro guardias y un cabo de ronda. Venía la fuerza pública como a remolque, nada deseosa de emprender cuestión, porque aquellos enredos de huelgas eran el diablo, y el que más y el que menos de los guardias es amigo, vecino, compadre de alguno de los amotinados; pero, al fin, tenían órdenes, y venían a ver qué demontre pasaba allí. Como viesen que nada pasaba realmente, retrocedieron, y se enhebraron por una de las callejuelas, afectando prudencia, y disimulo. Pero su presencia como un latigazo, había embravecido a los huelguistas.

-A nosotros no nos meten miedo los guardias.

-Ya no falta más que echarnos encima la fuerza.

-Los más bribones son los hijos del pueblo que la llaman...

-¡Concho con los vendidos!

Y como el tío Pedro, a quien tiraba de la manga Manueliña, iniciase el movimiento de querer desfilar, uno de los huelguistas -el aludido por el viejo al hablar de mujeres que se pierden- enarboló la estaca, y fue tan bien asentado el primer golpe, que partió el cráneo del viejo, haciéndole caer como acogotado buey. Lo que siguió tuvo los caracteres de esa epidemia, de ese contagio homicida que, en un momento dado, se apodera de las multitudes. Veinte estacas cayeron sobre el cuerpo, y una alcanzó a la niña, que valiente como cachorrillo de león, interponía su débil corpezuelo para resguardar al abuelito. Cuando llegaron corriendo, revólver en puño, los guardias, todavía alentaba Pedro Camino. No murió hasta el día siguiente, en el hospital.